あるドン・ファンの物語

鈴木今日子

鳥影社

あるドン・ファンの物語　目次

公園の風景

公園の風景

欅の梢を秋の風が渡っていく。わずかな風に揺れる黄葉した葉の間から、西に傾きはじめた陽光が明かるく射し込んでいた。

住宅地の中にある小さな公園の柵に沿って植えられた躑躅《つつじ》の反対側に、大きな欅の木が三本並んでいる。その下の砂場で、男の子と女の子が遊んでいた。二人とも齢は四、五歳ぐらいだろうか、ちらちらと揺れる木洩れ陽を浴びながら、スカートやズボンを砂まみれにして山を作ったり川を掘ったり、ものも言わずに自分の仕事に夢中になっていた。その砂場の横にある滑り台やブランコでは小学生の女の子が数人、声をあげて笑いながら遊んでいる。砂場と躑躅の間の広場ではさっきまで男の子が二人ボール遊びをしていたが、いつの間にかいなくなった。その広場の脇に青いペンキの所々剝げたベンチが三脚置いてある。さっきから一人の老婆がその真ん中のベンチに腰掛けていた。煉瓦色の太い毛糸で編んだ帽子から油気のない白髪を無造作に覗かせ、まだそれほど肌寒くもないのに同じ毛糸で拵えたらしい肩掛けに痩せた小さな身体をすっぽり包んで、それはまるで、ベンチの上に誰かが置き忘れた荷物か廃品のようであった。目は閉じているのか開けているのか、身じろぎもしない。

不意に一陣の風が吹いて欅の葉がはらはらと舞い落ちてきた。それを見た砂場の女の子はすかさず足元に落ちた黄葉を拾うと、作り上げたばかりの砂山の周りに一枚一枚丁寧に挿し込んだ。すると男の子はスコップを持った手を休めて、

「そんな枯れた葉なんか、山に付けるんじゃないよ」

相談もなく勝手なことをされたのが気に入らないのか、口を尖らせて声を張り上げた。と、それまで身動きもしなかった老婆がふいと顔を上げて声の方を眺めた。だが子供達のことだと思ったのか、つまらなそうにまた肩掛けに顔を埋めた。

「枯れてなんかいないよ。たった今落ちてきたばかりなのよ。とってもきれいな葉っぱじゃないの」

女の子はむっとした口調で言い返した。

「その葉は枯れたから、落ちたんだよ。黄色くなってるじゃないか」

「そうじゃないわ。風が吹いたから落ちただけよ。枯れたのなら、もっとカサカサしてきたないわよ」

「バカだなあ。違うよ。枯れたから、風が吹いただけで落ちたんじゃないか。枯れてなきゃ、落ちないんだよ」

分かってないなとばかりチェッと舌打ちしたが、思い直したように立ち上がると、

「そんな葉っぱなんか、捨てちゃえよ。僕がきれいなのをとってきてやるから――」

言うなり、躑躅の植え込みに向かって駆け出した。

「コウちゃん、いいの。わたしはこの黄色いきれいな葉が好きなんだもの。これは捨てないもの。そんな公園の葉を勝手に取ったら、叱られるんだから――」

女の子は男の子の後ろ姿に甲高い声を掛けたが、男の子は振り返りもしなかった。

コウちゃんと呼ばれた男の子は走りながらベンチの老婆に気付いたらしく、びくっとして足をゆるめた。すると待っていたように老婆は顔を上げて、男の子ににっと笑いかけた。笑うと老婆の皺のよった小さな顔が猿そっくりになる。男の子は一瞬まごついたように瞬きをしたが、すぐに気まり悪そうな作り笑いを見せた。それを見て老婆は相好を崩して腰を浮かした。男の子の視線を離すまいと目を見開き口を動かしかけたが、男の子はすぐにぷいっと目を逸らすなり、何食わぬ様子をして老婆の前を走り過ぎて行った。老婆は浮かした腰を力なく落としてその後ろ姿を見送っていたが、

「ふん――」

と鼻の先に小皺をよせて憎らしそうに眉をしかめると、また肩掛けに顔を埋めてしまった。

植え込みのそばまでやって来た男の子はそこで足を止めて、ちょっと老婆の方に振り返っ

た。老婆はもう子供に構わず小さく蹲《うずくま》っている。男の子は素早く躑躅の枝の先を二、三本折ると、老婆には目もくれず一目散に砂場に戻って行った。

砂場では、欅の葉と躑躅の小枝をめぐって口争いが始まった。

「駄目だってば。この葉は取っちゃいや――」

女の子が欅の葉を庇うように両手を山の上に広げた。

「そんなの、捨てちゃえよ。折角きれいな葉っぱを取ってきたんだから――」

「いやだ――」

言い争う二人の声が次第に甲高くなっていく。突然、

「わあっ」

と女の子が泣き出した。男の子に押しのけられた拍子に手をついて、欅の葉で飾った山を壊してしまったのだ。

老婆は肩掛けから首を伸ばし、上目遣いにそちらを眺めた。たるんで肉の垂れた瞼を上げ耳を欹《そばだ》てるようにしていたが、やがて興味なさそうに肩を竦めた。

その時、ジーンズを穿いた中年の女性が犬を連れて公園に入ってきた。老婆はそれを目にとめるなり、背筋をしゃんと伸ばしてベンチに坐り直した。むくむくとした縫いぐるみのような小さな犬は飼い主に引っ張られるように付いて来る。

「コウちゃんにミキちゃん、なに喧嘩してるのよ」

女性は足早に砂場に近付きながら二人に声を掛けた。

「あ、小母さん！」

突然声を掛けられて二人は慌てたように顔を見合わせた。ミキちゃんと言われた女の子の顔に、砂と涙の模様が薄黒く付いている。女の子は強い味方が現れたとばかり、涙に濡れた目をこすりながら真っ先に口を開いた。

「コウちゃんったらね、あそこの木の枝を取っちゃったのよ。公園の木なんか、取っちゃいけないよね。わたしはこの黄色い葉っぱがいいって言ってるのに、コウちゃんはきたないって言うの。ね、おばさん、この葉っぱ、きれいでしょ？　それをコウちゃんは捨てろって、意地悪するの」

「そうじゃないよ。せっかく作った山に、こんな枯れた葉っぱなんか、きたないからなんだよ」

男の子も負けてはいない。

「枯れた葉っぱなんか捨てろっていうのに、ミキちゃんはきかないんだもの」

砂の山は無残に壊されて、躑躅の枝も欅の葉も砂に埋もれてしまっている。犬はなにに興味をひかれるのか、山の残骸に鼻をつけてしきりに嗅ぎ始めた。

「そんなことで喧嘩してたの。じゃあ、仲良く両方ともお山にかざればいいでしょ？　秋の山は黄葉と緑の葉とできれいなんだから。そうすれば本当の山に見えるわよ。ほらほらミキちゃん、そんな汚れた手で顔をこすらないの。これで涙を拭きなさいな」

女性はポケットからティシュを出して女の子の顔を拭いてやった。男の子は黙ってそれを見ていたが、すぐに壊れた山を直し始めた。女性はにっこり笑うと、

「二人とも仲良くね。喧嘩しないのよ。じゃバイバイ」

まだ砂の中に鼻を突っ込んでいる犬を促して、軽やかに歩き出した。

女性は真っ直ぐ公園の出入り口に向かって行く。話し掛けてくれるものと期待していたのか、顔いっぱいに愛想のよい表情を浮かべむさぼるように見詰めている老婆には気が付かないらしい。女性は今その前を通りながらも一瞥さえ与えない。連れている犬さえ振り向きもしなかった。女性が通り過ぎると、老婆はそれまで精一杯和らげていた顔を強ばらせ、憎らしそうに口を歪めながら、それでも未練げにしばらくその後ろ姿を眺めていた。

「ごめんね。どこか痛くしなかった？」

男の子は照れ臭そうに女の子のそばににじり寄った。

「ううん、痛いとこないよ。わたしもごめんね」

女の子はまぶしそうな眼差しで見返した。

子供達は山に埋もれていた躑躅の枝や欅の葉の砂をきれいに払うと、また仲良く山を作り直し始めた。

陽は公園の西側にある二階家の屋根にさしかかった。欅の木の影が長くなる。ブランコや滑り台で遊んでいた女の子達はてんでに駆けて帰って行った。漕ぎ手を失ったブランコはしばらく惰性で揺れていたが、やがて動きをとめて所在なくぶら下がった。砂場の子供達の山作りのほかは公園に動くものはない。まだ陽に映えている欅の木から時折思い出したように葉が落ちる。

公園の横の道路を、買い物に行く主婦が途切れ途切れに通って行く。老婆はその度に顔を上げて目を凝らしていた。だが、誰も公園に入って来る人はいない。そこに忘れ物のように老婆がつくねんと坐っていることに気付きさえもしないらしい。もしも気が付いたとしても、みな自分のことだけにかまけて、見も知らぬ老婆に声を掛ける物好きは一人もいないだろう。

そのうち老婆は諦めたのか疲れたのか、首を回したり肩を揉んだりしていたが、大きな欠伸を一つすると肩掛けを頬のところまで引き上げた。静かな住宅地は物音も聞こえない。

通る人が途切れ俄かにひっそりとした道路に、どこの脇道から現れたのか、人影が現れて公園の入り口で立ち止まった。そこで誰かを待っているのか、中に入ろうかどうしようか迷っているのか、人影はそこに立ち止まったまま動かない。老婆は肩掛けから顔を出して首を伸ばした。だが老婆のところからは、入り口に立ててある町内会の掲示板が邪魔になって上半身は見えないし、足元も躑躅の植え込みに隠れている。わずかに腰のあたりしか見えないのが却って老婆の好奇心をそそるらしい。老婆は瞬きもせずに見詰めた。

しばらくすると、その人影はようやく動きだして公園に入って来た。杖に縋って、それは歩くというより、ゼンマイ仕掛けの人形が足だけで動いているように、上半身を固定したまちょこちょこと動いては立ち止まり、また動いては立ち止まりしながらやって来る。老婆がじれったそうに見守る中を、やっとその全貌が現れた。

頭の地肌の見える薄い胡麻塩の毛をなで付けた顔は血色が悪く、痩せていかにも貧相な老人であった。老人は入り口の真向かいの砂場にいる子供達も老婆も目に入らないのか、視線の定まらぬ様子で歩いて来る。

老婆の顔に失望の色が浮かんだ。それでも彼女は老人から目を離さなかった。躑躅の植え込みを通り過ぎた時、ふと老人はベンチの老婆の方に目を向けた。二人の視線がばったり合う。その途端、老婆は慌てたようにぷいと目を逸らせたがすぐにまた視線を老人に戻した。老人は老婆に目を止めたままだ。老婆は今度は目を逸らすこともなくしげしげと老人を眺めた。

老人は老婆の無遠慮な視線を受けてとまどったのか、目をしばたたきながら、それでもわずかに唇をほころばせた。

目の下のたるみが頬骨の上まで丸く垂れ下がって、そのため余計にみすぼらしげだが、よく見ると人懐っこそうな人相だ。老人は老婆の凝視の中を相変わらずたどたどしい足取りで近付くと、

「少し陽が翳ってきましたなあ」

言いながら、老婆の隣のベンチに手を付いて空を見上げた。

「たった今、翳ったばかりなんですよ。さっきまで、ここは日当たりのいい場所だったんですからね」

老婆は口を尖らせて言い返すと、気取った手付きで肩掛けを引き上げた。

「しかし、もう今は陽も当たらなくて、日向ぼっこには向きませんなあ」

老人は老婆のむきになった様子に気が付かないらしい。ベンチに付いた手を支えにして、そのまま「よいしょ」と腰を下ろした。

「日向ぼっこをしてる訳でも、ここに坐って話し相手を探してる訳でもありませんよ。わたしはね――」

老婆は言葉に詰まったように一瞬声を飲んだが、

「わたしはね、孫が砂遊びをしてるのを見てるんですよ。喧嘩しないように、怪我をしないようにね。もう陽も翳ったから、ぼつぼつ帰ろうと思ってるところなんですよ」

強い語気で言うと、じろりと老人を睨んだ。

「ほう、お孫さんですか――」

老人は初めて気が付いたように、子供達に目をやった。

「お孫さんにしては、ずいぶん小さい――」

「いや、曾孫なんです」

老婆は慌てて言い直した。

「お二人とも?」

老人は素直に聞き返した。

「ええ、ええ、二人とも曾孫なんです」

老婆はぎごちない口調で言うと、取って付けたように愛想笑いを浮かべた。

「家は四世代の家族でしてね。一番暇なのはわたしだから、子供の面倒をみるのはわたしの役なんですよ。いい子ですよ。なんでもわたしの言うことは聞いてくれて――。でもまだ小さいから、ここで見ててやらなければね」

老婆は肉の落ちた瞼を上げると、さもいとしそうに子供達を眺めた。

「ほう、それはお幸せなことですなあ」

老人は相槌を打ちながら、音をたててベンチに坐り直した。

砂の山には、欅の黄葉と躑躅の緑の葉が混じり合って挿してある。川のつもりなのか山に沿って掘られた所にも枯れた枝が二本立っていた。その横に、水を掛けて固めたらしい四角い建造物は城のつもりかもしれない。

子供達は砂場の囲いの煉瓦に並んで腰を下ろし、満足そうに自分達の創作品を眺めていた。ふと、

「赤い紅葉があると、いいのにねえ」

女の子が思い付いたように大人っぽい口調で言った。

「そうだね。家にはないけど、隣の家には紅葉の木があるよ。明日は一本もらってこようか」

男の子がためらいがちに女の子の顔を覗き込んだ。

「うん、そうしてくれる？　ここに紅葉があると、本当の山にみえるもの」

相手は嬉しそうに声をたてて笑った。

ベンチの二人はその笑いに、目を細めて微笑んだ。

「いいですなあ、子供というものは――。あのぐらいの齢はなんの悩みも苦しみもないです

からねえ」

老人は笑いの中に軽い溜息を洩らした。

「そうですねえ。でもわたし達にだって、あんな時代があったんですよね」

さっきから値踏みするように老人を見ていた老婆は、急に親しげな口調になって言葉を続けた。

「遠い昔のことですけどね、今でもはっきり思い出しますよ。子供の頃、隣の家に一つ下の男の子がいましてね。わたしは兄一人姉二人の末っ子で育ちましたが、その子は独りっ子でしたから、弟のつもりで可愛がって、いつも二人で遊んでいたものですよ」

夕映えの前の、一際青みを増した空を眩しげに見上げる老婆の声は弾んでいる。

「ある日のことです。二人でままごとをしていると、なんの話からか、大きくなったら僕のお嫁さんになってって、真面目な顔で言い出したんです。そんなお嫁さんなんて言葉を、どこで聞きかじってきたんでしょうね。金雀枝《えにしだ》の枝がままごとの茣蓙に垂れて、黄色の花がたわわに咲きこぼれていたのを、昨日のことのように覚えていますよ」

「それが、あなたの初恋ですか？」

老人が思い掛けなく若々しい声を出した。

「まさか、わたしが幼稚園の時ですよ」

老婆も劣らず若やいだ声で笑うと、まるで少女のように頬を染めて老人の肩を叩いた。その皺だらけの乾いて節くれだった指が、そこだけ別の生き物のようにしなやかに動く。老人の顔もどことなく生気が蘇ってきた。

「あの子達と同じくらいの齢ですねえ」

老人は子供達に視線を止めながら、しみじみとした口調で続けた。

「あの子達も、もう何十年かしたら、今のわたし達のように齢をとって老人になってしまう。そして今のわたし達のように、遠い日の砂遊びのことを思い出して懐かしむことでしょうね。わたしも長生きし過ぎましたよ、早くお迎えが来ればいいと待ってるんですが、これぱっかりは思うようにならないもんですよ」

老人は淋しそうに笑って口を喋《つぐ》んだが、ふと何かを思出そうとするように首をかしげ、遠くに向けた目をしきりにしばたたいた。

老婆は、急に黙りこくった老人の、人を寄せ付けない強ばった様子を怪訝な顔で眺めたが、口をきこうにも話の接ぎ穂もないらしく眉根を寄せて俯いてしまった。

お互いに、たった今まで親しく話していたことを忘れ、まるでベンチに捨てられた二個の彫像とでも言うか、殻に閉じ籠った大きな蝸牛《かたつむり》とでもいったところだ。

不意に、砂場の女の子が立ち上がった。

「早く帰ろう。こんなに遅くなっちゃった」

女の子の言葉に、男の子も慌てて腰を上げた。

「砂だらけだから、ちゃんと払わないと、叱られるよ」

女の子はスカートに付いた砂を払い始めた。男の子はその真似をしてズボンを叩いた。

「ほら、まだそこに砂が付いてる」

女の子は姉さん気取りで男の子に手伝っていたが、やがて二人は砂の創作品をそのまま残し、後になり先になりして走って行った。ベンチに坐っている二人の老人を見向きもしなかった。

それを見送っていた老人はふと我に返って、

「お子さん達、帰りましたよ。いいんですか、一緒に帰らなくても——」

心配そうに口を開いた。

「ああ——」

老婆ははっとして顔を上げた。

「あなたが一緒に帰らないと、お宅の方が心配なさいませんか？」

「ああ、いいんです」

一瞬、狼狽えたように口ごもったが、

「家はこの近くですから、子供達だけで帰っても大丈夫ですよ。それに、家の者には、わたしが誰かと話していたって言ってくれるでしょうから、ちょっとも心配はありません」

落ち着きを取り戻した老婆はにんまりと笑った。

「じゃあ、心配はありませんね」

老人は安心したように顔をほころばせた。老人の顔からは先程の虚ろな表情は消えて、生気が戻っている。

「わたしにも、あのくらいの孫娘がいましてね。いや、もう少し大きいかな。いつも二人で庭仕事をしたり散歩をしたりして、わたしの仲のよい友達なんですよ。色白の目の大きい人形のような子で、娘の小さい頃にそっくりなんですよ」

「へえ！」

老婆は鼻白んだ様子であしらったが、不意に人の悪そうな笑いに唇を歪めた。

「今日は、どうしてそのお孫さんは、一緒じゃないんですか？」

「友達と約束があるとかで、出掛けてしまいましてな。今日はわたし独りなんですよ。しかし、偶には独りもいいもんですな」

老婆の嫌味な口調も気に掛けず、老人は楽しげに話を続けた。

「娘が二人おりましてね。二人とも嫁に出したのですが、数年前に家内が亡くなって、わたし独りでは淋しいし不自由だからって、近くに住んでいる下の娘が、是非自分の家に来て一緒に住もうと言ってくれたんです。しかし、それでは上の娘が承知しません。自分が長女なんだから、親の面倒をみるのは自分だって言いますし、その婿も自分が引き取るって言ってくれますし、それで結局、二人の娘の所を往ったり来たりしている次第ですよ」

「まあ、それは羨ましい――」

思わず口から洩れてしまった言葉を慌てて飲み込んだ老婆は、すぐにさりげなく言葉を続けた。

「うちは男の子三人でしてね。中のは大阪に、末は名古屋にいまして、わたしは長男と同居しています。次男も三男も自分のところに来い来いと言ってくれるのですが、住み慣れた所は離れにくいものですよね。もう齢で出歩くのも大儀ですから、息子達が会いに来てくれます」

老婆はちょっと息を整えてから、

「わたしは嫁に恵まれましてね、同居している長男の嫁もよく出来たやさしい嫁で、家の仕事は何一つさせないで、こうやって子供の世話だけで毎日ぶらぶらと過ごしてるんですよ」

「それはそれは、お互い、幸せな身分ですなあ」

老人が感慨深げに頷くと、老婆は満足そうに目尻に皺を寄せた。

「世間では、独りぼっちの淋しい年寄りの話をよく聞きますが、話し相手もなく、本当に気の毒ですよ。それも、最初から子供がいないのなら仕方がないですが、実の子がいながら構ってもらえないなんて、みじめじゃないですか。昔は年寄りの世話は子供がしたものですけど、今じゃ、すぐに老人ホームに入れてほったらかしですよ。齢をとると、身の周りに家族がいてほしいものです。血は水よりも濃いと言いますからね。子供のそばが一番いいんですからね」

老婆は深い溜息をついた。

「そうです、そうです」

老人は穏やかな顔で頷いた。それから、言っていいのか悪いのか迷った様子を見せていたが、

「ところで、ご主人は？」

遠慮がちに尋ねた。

「もう二十年も前に亡くしましたの」

老婆は少女のようにはにかんで俯いた。

「そうですか。それは……」

言い掛けて口を噤んだ老人を、老婆はやさしげな眼差しで見守った。老婆から目を逸らせ

た老人は、言いたいことがあるのに見付からない様子で、もどかしげに頭をかしげている。

公園には二人の老人だけが残された。次第に翳っていく大気の中で、なにも言わなくても気持ちが通うような、どこか安らいだ雰囲気があった。

老婆は老人が話し出すのを待っているらしい。ちらちらと老人の顔を盗み見ながら、それでも楽しげに肩掛けの裾を直していた。それが済むと、弾む気持ちのままに、今度は底の擦り切れたサンダルの先で足元の小石を蹴った。しかし不幸にもその小石は見掛けより大きかった。小石と見えたのは、半分以上も土に埋まっている石の、わずかに地面に頭を出している先であった。老婆の軽いひと蹴りぐらいでびくともする訳がない。思わず息を飲んで顔を顰めかけた老婆は、それでも肩を竦めて痛みをこらえ、何食わぬ顔を繕っている。そしてそーっと片方の足のサンダルを脱ぐと、痛みに痺れている足を上から押さえつけた。老人はそんなことには気が付かないらしい。やがて、

「あなたのご家族で、戦争に行かれた方がありますか?」

やっと決心したとでも言いたい口調で聞いてきた。

「え?」

老婆はびっくりして聞き返した。今は足の痛みに気をとられている。そんな話をする心境ではないだろう。しかし老婆は作り笑いをして、

「いいえ。家は田舎で、父親は農家の長男でしたから、軍隊にはとられませんでした。頭の上をB29が飛んでいくことはあっても、あんな山の中に爆弾を落としても仕様がないと思ったんでしょうね」

と押し出すように言った。

「それはよかったですね。わたしは昔深川に住んでいました。わたしの父親は勤め人でして、召集を受けて兵隊になりました。母親は四人の子供を抱えて留守を守っていましたが、そこへあの東京大空襲に遭ったのです。わたしは小学五年でした。爆撃は夜中に始まって二、三時間続いたでしょうか。木造の街はたちまち火に包まれて、わたし達五人は夢中で逃げましたよ。火のない所に逃げてもそこはすぐに焼夷弾が落ちてくる。阿鼻叫喚の地獄絵というのは、あんなものを言うのでしょうな」

老人はぐっと音をたてて唾を飲み込んだ。

「へえー」

思い掛けない話題に老婆は鼻白んだ様子だ。だが老人には自分の言いたいことしかないらしい。いつ焼夷弾が頭の上に落ちるかわからない中で、人はただ自分の身を守るためにいかに残酷になれるものか、微に入り細にわたって言ってきかせる。老婆は欠伸を嚙み殺していた。

「兄の手を引いて逃げる姉の姿を見失うまいと、わたしはそれこそ命懸けでした。妹と一緒についてきた母親の姿が見えなくなったのに気付いたのは、みんなの後についてやっと火のない所に来てからです。そこで姉と兄と三人、身体を寄せ合って寝ました。そのうち母親が妹を連れて来るものと待っていたのです。でも二人は遂に来てくれませんでした」

老人は潤んだ眼差しを老婆に向けた。老婆は頷いてみせたものの、興味なさそうについと視線を逸らせた。

「生きながら焼かれるなどと、こんな惨いことがあるものですか。でも戦争は腹の中の赤ん坊まで焼き殺すんですからね。あの空襲では死者十万とも言われています。隅田川に逃げた人は水死体や凍死体となって、橋の下は死体で埋まったと後で聞きました。母親と妹の遺体は分からずじまいですよ」

老人は細めた目をしばたたいて、夕焼けに染まりはじめた空を見上げた。老婆は聞いているのかいないのか、時折り肩掛けを引き上げるだけで、もはやなんの反応も示さない。

「静岡に住む父方の叔母がやっとわたし達を探し出してくれた時は、ただもう涙が止まりませんでしたね。母親が分かるように焼け跡に立札を立てて、三人は叔母に引き取られました」

老人はその頃の思い出を手繰り寄せるのに夢中らしい。老婆の気のない様子に頓着もせず、食糧難の中で肩身のせまい生活をした苦労を長々と話し続ける。

「そして、敗戦です。その翌年、父親が南方から帰って来ました。母親はなく焼け跡のバラック生活でしたが、わたし達は幸せな方でしたよ。寄る辺のない子供達は互いに群れを作って、生きるために掏摸《すり》やかっぱらいをしなければならなかったのですからね。無謀な戦争を始めて、そのあげくに生まれた戦災孤児が、生きるために少しぐらい悪いことをしたからといって取り締まるなんて、国家というものは矛盾したものですな」

老人の非難めいた語調の強さも、老婆には耳の横を通り過ぎる風の音ほどにも感じないのか、無表情な顔を崩さない。

夕映えは東の空まで紅に染め、木々や家々の屋根や窓ガラスが、金粉を撒き散らしたような大気の中に眩しく輝いている。その鮮やかな彩に映える小さな雲が二つ三つ、中天に漂っていた。

「まったく戦争というものは……」

老人が言い掛けた時、公園に一人の若い娘が現れた。

「おじいさん、やっぱり此処だったのね」

言いながら走り寄る娘を見て、

「ああ――」

老人は一瞬ぽかんと彼女を見返したが、

「お前だったのか――」

我に返ったようにしげしげと相手を眺めた。

「もう夕方になって風が冷たくなるのに、部屋にいないんだもの。さ、早く帰ろう。こんな所にいると風邪をひくよ。お母さんが心配してるのに――」

ベンチに近付いた娘は、隣にいる老婆にようやく気が付いたらしい。

「風が冷たくなりましたわね」

間の悪さを隠すように愛想よく声を掛けた。老婆は途端にしゃきっと身体を起こし満面をほころばせて娘を見上げたが、すぐに言葉が出てこないのか口をもごもごと動かすだけであった。

「さ、おじいさん、帰ろうね」

老婆のなにか物言いたげな様子には目も呉れず、娘は杖を小脇に抱え、やさしく老人の腕をとった。それを見て老婆は大きくベンチをきしませて坐り直すと、

「まだこんなに明かるいのにいいじゃないですか。せっかく色んなお話を聞かせてもらってるのに――」

ほころばせた顔を不満げに歪めた。

「あら、お二人でお話をしてらしたんですか。でも、陽も暮れて、肌寒くなりましたよ。おじいさんはもう今までに三回も肺炎をやってるんです。風邪を引くとすぐ肺炎をおこすんです。夕方は外に出ちゃいけないって言うのに、ちょっと目を離すとすぐいなくなるんです。早く帰らないと、母が心配しますから――。それに、おばあさんも早くお宅にお帰りにならないと、家の方が心配なさるでしょう？」

半ば抗議しながら言い訳をする娘に、

「ええ、ええ、わたしもそろそろ帰ろうと思っていたところです。嫁が心配しますからね」

老婆は歪めた顔を改めもせずすげない語調で言い返したが、ヨメという言葉に殊更力が入っている。それから娘をしげしげと見上げて、

「この方のお孫さんがこんなに大きな娘さんとは、知らなかった。お話によれば、もっと小さい孫だと思ってましたよ」

どことなく棘を含んだ口調だ。老人は二人のやりとりを聞いているのかいないのか、表情も変えず、ぼんやりと宙を眺めている。

「おじいさん、そんなこと言ってました？　いやだわ。いつまでたってもわたしを子供だと思ってるんですよ」

娘は笑いながら老人を立ち上がらせようとしたが、ふと思い付いたように、

「もしかしておじいさん、東京大空襲の話をしませんでした？」

片手を老人の肩に置いたまま老婆に聞いた。

「ええ、してくれましたよ。大変な災難だったようで。わたしは田舎で、有難いことにそんな目には遭いませんでしたけどね」

老婆の顔が急に生き生きとしてきた。

「わたしの知らないことですから、とても興味深く聞かせてもらいましたよ」

「そうですか。おじいさんは会う人には誰にでも空襲の話をするんですよ。戦争はどんなことがあっても決してしてはならないってね。数年前に脳梗塞をしまして、そのせいかかなり呆けてきて、言うことが時々とんちんかんになるんですけど、その空襲の話になると記憶はかなり確かなんです。心に滲み付いてるんですね。こんなの、まだら呆けって言うんでしょうか」

「わたしだって、そうですよ。昔のことはよく覚えてますからね。わたしの実家は谷戸の麓にありましてね……」

話し相手が見付かったとばかり気負い込んで話し出す老婆に耳も貸さずに、

「さ、おじいさん、帰りましょうね」

娘は老人に杖を持たすとゆっくり歩き出した。

老人は老婆に声を掛けることもしない。振り返って見ることもしない。娘に片腕を支えてもらって、よたよたと歩いていく。

「ふん――」

老婆は憎らしそうに唇を曲げて二人の後ろ姿を見ていたが、やがて肩掛けの中に顔を埋め、ベンチにぐったりと凭れこんだ。

さっきまで夕焼けに映えていた空は次第に輝きを失い、あたりは一際陰翳に充ちてきた。風が肌に冷たく感じられる。老婆は顔を上げると、消えていく残照に目をやった。だがその眼差しは何を見るというのでもないらしい。しばらく一点を見詰めているかとおもうと、思い出したように別の一点に移る。

不意に一陣の風が吹いて、欅の葉が落ちてきた。

その時、公園の前の道路に一台の車が止まって、中から二人の中年の女性が慌ただしく降りてきた。

「やっぱりここだったんだわ」

二人は急ぎ足で公園に入ると、老婆に走り寄った。

「ずいぶん探し回ったのよ。さ、おばあちゃん、帰りましょうね」

老婆はびくっとしたように二人を代わる代わる眺めたが、不意に顔を輝かして、

「息子が来てくれたんですかい？」

声を弾ませて腰を浮かせた。

「いいえ、今日も息子さんはいらっしゃらないですよ」

「ふん、そうだろうよ。あの親不孝な息子が来る訳がないもんな」

「そんなこと、言っては駄目ですよ。息子さんはお仕事で忙しいんでしょう。そのうちきっと来てくれますから、大人しく待っていましょうね」

「息子が来られなきゃ、代わりに嫁が来たっていいじゃないか」

女性のとりなす言葉を遮って、老婆は邪険に相手を睨みつけた。

「どいつもこいつも、親の面倒なんかみたくないもんだから、ホームに放りこんだまま知らん顔だ。なんのために苦労して子供を育てたのか、まったく世も末だよ。孫だって、一度だって来はしないじゃないか。きっと親が行くことはないって言ってるんだろう」

老婆は眉間に皺を寄せ、唾を飛ばせかねない勢いでまくしたてる。二人の女性は顔を見合わせていたが、

「こんな寒い所にいたんじゃ、身体が冷えてしまったでしょう？　さ、早く帰って、温かいご飯を頂きましょうね。みんなが待ってますよ」

やさしく老婆の肩を叩いた。

ご飯と聞いて、老婆の不機嫌な表情が俄かに和らいだ。それまで頑なに腰を上げようともしなかった老婆が、自分からベンチに手を付いて立ち上がった。

二人の女性に両側から手をとられ、老婆はよたよたとしながらもしっかりした足取りで歩いて行った。

公園には誰もいなくなった。迫りくる夕闇の中で、風に吹かれた欅の落ち葉が音もなく舞い降りた。

老人生態学

（一）

山崎慎二は数年前に会社の顧問をやめてから、何をするでもない気楽な毎日をおくっている。八十歳を過ぎた今も矍鑠《かくしゃく》としたものだ。

朝起きると、食事の前に近所を一回り散歩する。朝食の後は新聞を読んだり、天気のよい日には庭木の手入れをしたり、草むしりをしたりする。午後は昼寝と読書と、それで一日は過ぎていく。たまに古くからの友人に誘われ居酒屋で一杯飲むこともあったが、最近はどうも出不精になってしまって、なにかと口実を見付けて断るようになっていた。

「家にばかり閉じ籠っていると、呆けるわよ。折角お友達が誘ってくれるのに行ってらっしゃいよ」

妻の彩子が追い出さんばかりの調子で言うのも気に入らない。

取締役から顧問になり、週四回会社に出ている間は生来生真面目な人間であるだけに、今までどおり会社のことしか考えなかった。人は余暇があればその時間を自分だけのために過ごすのに、慎二にはそんな器用な真似は出来ないし、片手間になにかするのも性に合わないから、彼の生活は会社を中心にして廻っているだけであった。それが仕事がなくなってみると、さて、何をしていいのか分からない。時間を持て余して、日が暮れるのを待つだけの毎日だ。

「わたしの行ってるカルチャー教室にでも入ったら？　あそこならバスで通えるわ。わたしは古典の講座に入ってるけど、いろんな講座があるから選べばいいでしょ？」

相談したわけでもないのに彩子が口を出してきた。

(そんなことも、あったんだ)

言われて慎二は気が付いたが、

「そんなこと言われなくても、前々から考えてたんだ」

不機嫌に頬をふくらませて彼女を睨んだ。

彩子は慎二とは七つ違いだ。週に一度カルチャー教室に通い、週に二日はテニスクラブに出掛ける。それ以外の日にも、参加している地域のＮＰＯの仲間達と茶話会やダンスを楽しんでいて、結構忙しそうだ。なにをするにもどこへ行くにも事後承諾の妻だが、食事の用意だけはしていってくれる。これは明治生まれの両親に躾られ、弟や妹の世話をする長女として育ったせいかもしれない。食べる物さえあれば口煩い妻がいない方が気楽だから、慎二は黙って留守番をすることにしている。

彩子に言われて、彼は早速カルチャー教室の、水彩画と囲碁と俳句の講座に入った。

「そんな三つも入って、大丈夫？」

「大丈夫だよ。週三回だ。今までより少ないじゃないか」

気遣わしげな彩子に、慎二はこともなげに言い返した。

水彩画教室に出席した第一日目に、絵筆の使い方や構図のとり方などを教わってから、実際に描いてみるよう手本として一枚の絵を渡された。どうやらこの絵は講師の描いたものらしい。

慎二は小さい頃から絵を描くのは好きであったが、もう何十年と絵筆を持ったことはなかった。

彼は手本のコスモスを眺めた。眺めているうちに、なんとなくそぐわない気分になってきた。自然の風情が感じられない。現代のアートとはこういうものかもしれないが、写生画は見る人に素直な共感を与えてくれるのがいいと思っている。そういう昔人間の慎二の感覚にとって、この絵はどことなくわざとらしく技巧的だ。

それでも慎二は言われたとおりに手本を真似してコスモスを描いてみた。だが描いてはみたものの、どう見ても気に入らない。このコスモスの構図は自分の感性に合わない。そこで開いた三輪の花の下の方に蕾を二つ描き足した。これで絵に安定感が出る。彼は満足して講師に絵を提出した。ところが次の教室の日、

「花はよく描けていますが、ここには蕾はありませんよ。ちゃんと手本どおり描いてください」

年配といっても慎二よりはずっと若い講師は、瘦せて色艶のない額に皺を寄せ、渋い顔で絵を返してくれた。

（手本より僕の構図の方が自然で勝っているのが、気に食わないんだろう）

よほど口に出したかったが、若い者を相手に言い返すのも大人げないと返事もしなかった。それきり水彩画教室はやめてしまった。

囲碁の教室では、まず講師は黒板に碁盤を書いた大きな紙を張って定石の説明をする。度のきつそうな眼鏡をかけた中年の男性はちょっと見には年齢が分からないが、どことなく品のない感じだ。

受講生八人のうち二人は若い女性だが、あとはみな定年退職者らしい男性だ。都合よく偶数だから、一通り講義が終わってから隣に坐っている者同士で対局することになった。

兄弟三人の次男に生まれた慎二は、小学校へあがる前から五歳上の兄に碁をしこまれている。兄は碁が好きで、慎二の顔を見れば摑まえて碁盤の前に坐らせたものだ。外に出て遊びたい盛りの彼は最初はいやいやながら相手をしていたが、いつの間にか囲碁が好きになってしまった。高校から大学へ進学するにつれて次第に対戦する機会は少なくなったものの、それでも折さえあれば二人は碁盤に向き合った。そのうち、三回に二回は慎二が勝つようになった。口惜しがる兄は自分が勝つまで慎二を放してくれなかった。その兄は数年前に亡くなった。それ以来慎二は、碁石を持ったことはない。

この日の相手は慎二より少し齢上に見えるが、すっかり禿げた頭は艶々としているのに顔色は冴えなくて妙に年寄りじみている。その上口数が少なく無愛想な男だ。負けん気は強かったが如才ない兄に比べれば、どうも手応えがない。

慎二は年長に対する礼として相手に白を譲った。だがさて対戦してみると、相手は辛うじて石を並べることは出来るが、目を二つ作るのにも沢山の石を使うばかりで、こちらの布石の意味が分からないらしい。勝負は最初から分かっていた。二局目は、失礼とは思ったが予め井目に石を置いてもらった。しかしこんな腕では風鈴付きにしても相手にならないだろう。どうにも退屈で苛々する碁敵だ。たまたま今日はこんな男と隣り合わせになったのがこちらの不運で、この教室でも楽しく碁の打てる人もいるだろう。受講生が対局しているあいだ見て回っていたのだから、講師はそれぞれの腕をみて相手になれる人を選んでくれるに違いない。

しかしそうは思っても、第一、講師が気に入らない。横に立って色々指導してくれるのはいいが、その態度には受講生の無知を馬鹿にする横柄な様子がみえる。

中国では囲碁四千年といって堯、舜が創始したという伝説があるように、歴史と伝統があるものだ。棋士と言われる人にはそれなりの品格があってほしい。それなのに、この講師は人を見下して傲慢な男だ。こういう男に限って実力がないものだ。本当に実力のある人間なら、どんな初心者に対しても謙虚になれる。慎二は一日で囲碁教室をやめた。

俳句は今までに一つも作ったことはない。中学の時、芭蕉や蕪村の句をいくつか教わっただけだ。それが俳句の教室に入ったのは、友人の河辺茂夫が俳句をしていて会うたびに話を聞かされていたからその影響もある。

開業医をしている河辺とは大学は違ったが中学、高校と席を並べてきて、大人になってからも暇を見付けては居酒屋で飲んでいる仲だ。診療のかたわら句会だ吟遊だと楽しんでいる彼は、一緒にやらないかと度々誘ってくれた。しかしそういう日常を離れた時間を持っているのを羨ましいとは思うものの、自分の生活をあちらとこちらと器用に使い分ける自信がなく今まで断ってきていた。それに内心は、俳句なんて短歌の上三句をちょん切っただけのものじゃないかという気持ちもあったからだ。もちろんそんなことを言おうものなら真っ赤になって怒るだろうから口にはしない。大体、慎二には河辺のようなユーモアの精神の持ち合わせがない。河辺は昔から剽軽なところがあった。十年ほど前に豆本で出した自分の句集を呉れた時、

「この俳号、いいだろう」

河辺は鼻をうごめかせて聞いた。著者名に高寝とある。

「変わった名前だねえ。タカネって読むのかい？」

「いやだねえ。君にはまったく文学的センスがない」

「自分の考えどおりに読んでもらいたいのなら、ルビを振っておけばいいじゃないか」

慎二は口を尖らせて言い返した。

「表紙にルビを振る人がいるものか。これはハイネと読むんだ」

河辺は胸をそらせてにやっと笑った。

「――」

慎二は一瞬ぽかんと口を開けて相手を眺めた。

(いくつになっても、茶目っ気の抜けない男だなあ)

昔からそれには慣れている慎二も、すぐには反撃の言葉が出てこない。その呆れた顔を見て、河辺は嬉しそうに高笑いをした。

学生時代にすでにハイネを原文で読んでいた河辺が、それからもこの詩人に傾倒してきたのは知っている。しかし俳号にこんなふざけた真似をするとはさすがだ。慎二は今更ながら感心した。もしかすると河辺の齢を感じさせない若々しさは、患者との神経の疲れる生活の中で俳句というまったく次元の異なる時間を持っているせいかもしれないと、その時つくづく思ったものだ。そんなことを思い出した慎二は、水彩画と囲碁の教室をとってもまだ時間の余裕がありそうだと、俳句教室に入った。

講師はかなりの年配らしい。真っ白い髪をオールバックにして、上背はあるが骨だけのように痩せている。片足を心持ち引き摺って歩くのは脳梗塞かなにかの後遺症だろうか。話し方も抑揚がなく聞き取りにくい。本人は熱心に話しているつもりなのだろうが、どうも興が湧いてこない。もっとも興が湧かないのは、こちらに俳句に対する興味が薄いからかもしれない。俳諧の発句からの転用だとか正岡子規の話とか長々と説明してくれるが、眠くて落ちてきそうな瞼を開けているのに苦労する。最後に、季語は必ず入れるとくどいほど念を押す。

「この次までに、一句でも二句でも、作ってもってきてください。季語は忘れないように」

又また季語だ。慎二は白けた気持ちでノートを閉じた。

俳句教室は平日の午後ということもあって、受講生は年寄りが多い。どの顔も神妙に傾聴しているところを見るとみな初心者なのだろう。

現在は俳句人口が増加しているらしいが、これほど我もわれもと俳句を作りたがる老人の一人に見られているのかと思うと、あまり愉快ではない。まるでデパートの特売場で血眼になって品物をあさる主婦の中にまぎれこんだ気分だ。

それでも家に帰った慎二はさっそく机に向かって頭をひねってみた。

老妻の寝返りをして夜深し
五七五に言葉を並べれば、なんとか俳句らしくなるものだ。生まれて初めて作ったにしてはさまになっている、彼はにんまりと笑った。下心があるから、季語はわざと入れなかった。

次の教室で受講生はそれぞれ自分の俳句を提出した。理屈っぽいとか季語が二つあるとか、講師は読みあげながら批評をくだす。慎二の句にきた時、

「俳句には必ず季語を入れると、この前、お話しましたね。この句には季語がありません」

自分の言うことも守れない生徒は誰だろうと言わんばかり、講師が不機嫌そうにみなを見回した。

「それは、わたしのです」

すかさず慎二は手を上げた。

「俳句は定型詩だからって五七五の形を守らなければならないものではないし、季語を入れなければいけないものでもないと思います。芭蕉や蕪村にも季語のないのがあります。河東碧梧桐や日野草城らのような無季俳句もあるじゃないですか。尾崎放哉のような自由律も俳

句ではないとは言えないでしょう。むしろ型にとらわれないところに、自由な文学の精神があるのだと思います」

季語がないと言われることを待ち構えていた慎二は、言い返す言葉を用意していた。もっともこれは彼の考えではない。河辺の受け売りだ。

「初心者には初心者としての勉強の仕方があります」

講師は眉間に皺をよせて慎二の言葉を遮った。

「抽象画を描く画家でも、最初はデッサンをしっかりやるのと同じで、自由な俳句でも、まず形式を体得してから型を破るものです」

講師はじろりと慎二を睨みながら語調を荒げた。

(絵画と俳句をいっしょくたにしてもらっては困る。文学はあくまでも概念の世界のものだ。その表現方法は造形芸術とは異なるし、勉強の仕方だって違っていい)

これも河辺の言ったことだ。彼は医者のくせに、こと俳句となると自由奔放な持論を展開する。数年前になるだろうか、高校のクラス会で、

「ベートーヴェンは、『更に美しい』ためならば、破り得ぬ芸術的規則は一つもないと言っている。ベルリオーズが幻想交響曲を発表した時、その伝統的な形式や枠を破る音楽を当時のフランス音楽界は受け入れなかったけど、今ではどうだ、この曲はフランスロマン派の最

高傑作といわれてるじゃないか。形式を破るのはなにも音楽だけに限ったことじゃない。自分のものを見付けるためには、伝統を破るだけの勇気が必要なんだ。形式が初めにあるんじゃない。自分にしか出来ない表現が先なんだ」

と言ったことがある。本を読むのは好きだが自分で創作をしようなどと考えもしなかった慎二は、ただ煙にまかれた気持ちで聞いていたものだ。この話を講師にしてやりたかったが、皆の前でとっちめるのも気の毒だと口にしなかった。だが本当のことを言えば、こんな理屈のやりとりをしているうちに、受け売りのボロが出そうな気がして黙っていただけだ。

その日限りで俳句教室に行っていない。

次の週、カルチャー教室に行く筈の日に出掛けない慎二を見て、妻の彩子が不審そうに尋ねてきた。

「あら、今日は教室に行かないんですか？」

「ああ、あそこはやめたんだ。このあいだ、そう言ったじゃないか」

慎二は妻の顔も見ないで無愛想に言い返した。

「そう言えばそうでしたわね。でもあの時は本当にやめるとは思わなかったの。どうしてやめたんですの？　高い入会費を払って、三ヶ月分の授業料も払って、もったいないわねえ」

彩子は呆れたように彼の顔を覗き込んだ。

（財布のことしか考えないんだから、女はいやなんだよ。女とはまったくデリカシーの分からない人種なんだ）

慎二は聞こえない振りをして立ち上がるとテレビをつけた。派手な和服を着た若い女性が歌をうたっている。歌謡曲らしい。こんな歌は彼の趣味でないことを彩子は知っているから、慌ててチャンネルを変えた。

「老後の楽しみとボケ防止のためだって行き始めたのに、たった一、二回行っただけで、もう水彩画も碁も俳句も、みんな飽きたんですか？」

彩子は未練たらしく食い下がってくる。語調はいつものように控えめながら、どうも言葉の裏に棘を感じる。

「やめたって言ってるじゃないか。なんど言えば分かるんだ。飽きたんじゃない。講師が気に入らないんだ」

慎二は口を尖らせてそっぽを向いた。

「一回や二回行ったぐらいで、講師が気に入るかどうか分かりますの？　折角始めたんだから、もうちょっと根気よくやればいいのに——。石の上にも三年って言うじゃないですか」

今日の彩子の反撃は執拗だ。高い入会金や受講料を無駄したのが、よほど気にいらないのだろう。

「相手が気に食わなければ根気も出ない。その気がなければ石が座布団だって一日ももたん。もうやめたと決めたんだから、いつまでもぐずぐず言わないでくれよ」

形勢が悪いと見て取った慎二は、テレビを消すのも忘れてぷいと部屋を出ていった。

それからというもの、彩子は教室のことは何も言わなくなった。だが、一日家にいてすることもなく日を送っている慎二となるべく顔を合わさないようにしているらしい。なにかの拍子に視線が合うとつと目を逸らす。その様子が妙にわざとらしく嫌味に感じられるのは老人のひがみというものかと、彼も見て見ぬ振りをしている。

（二）

彩子は、以前は口数の少ないおとなしい女であった。生け花の師匠をしている叔母が、自分の弟子のなかで一番気立ての良さそうな女性を紹介してくれた。叔母はそういう世話をするのが好きで、慎二の長兄の結婚相手も取り持った。その相手は女子大出の才媛で、器量は十人並みだが背が高く利発な印象を与える女性であった。互いに気に入った二人は三ヶ月ほど交際した後に結婚した。噂どおりの才媛だけに、新妻は全てによく気が付く人で、その上、どんなことでも人の意見よりも自分の思い通りにしないと収まらないところがあった。

慎二から見る限りでは、どうやら兄は女房の尻に敷かれているらしい。あの負けん気の強い兄が彼女の言いなりになっているのが、どうもはがゆくてたまらない。その影響もあって、慎二は自分の妻は従順な女性と決めていた。

叔母から身上書と一緒にもらった彩子の写真を一目見て、彼はその目鼻立ちの整ったふくよかな顔立ちが気に入った。男というものは自分が絵に描いたような美男子でもないのに、相手には不相応にも美人が欲しいという傾向がある。だが中肉中背で大して見映えもしない慎二は自分の分を弁えている。写真で見る限りでは、彼女は自分に過ぎた器量だ。それに、なによりも短大出というのが気に入った。あまり学歴の高い女はご免だ。慎二はさっそく見合いをした。実物は写真より劣るが、色白のぽっちゃりとした顔はまだどこか童女の面差しが残っていて愛くるしい。背は高からず低からず、均斉のとれた姿態は引き締まって触れれば弾むように瑞々しい。話してみて頭の働きも鈍くなさそうだ。そればかりか寡黙で、話す時も顔を赤らめ恥ずかしそうにする。半年付き合ってみてこの人なら大丈夫だと思った慎二は結婚した。

慎二の見立てどおり、彩子はなにごとにも彼を立ててくれた。自分の意見を言ったことはない。もっとも彼女に意見を聞いたこともなかったから、万事は彼の考えのままに新しい生活が築かれた。

しかし娘が生まれ成長するにつれて、彩子は慎二の意見を聞くことが少なくなっていった。もちろん彼の会社での地位が上がって、新婚当初より忙しくなったこともあった。娘の進学のことも結婚のことも、いつの間にか事後承諾になっていった。それに気が付いたとしても、仕事に追われ家族と夕食を共にする機会も少なくなった会社人間の身には、家庭を構っている暇はない。かえって万事そつなく切り回してくれる妻はありがたかった。二人の娘の結婚式はもちろん、一昨年挙げられた孫の結婚式にも、慎二には添えものの役しかなかった。

そして会社の顧問をやめてすることがなくなり一日家にいるようになってみて初めて、彩子がなにごとも自分の思い通りにするばかりか、彼に対しても口煩い老女になっているのを発見した。

慎二が教室をやめて三ヶ月ほどしたある日、

「水彩画をやるって道具を一揃え買ったでしょ。もう使うことがないのなら、わたしにあれを下さらない？」

夕食のテーブルで向かい合った時、彩子が突然言い出した。

「なにに、使うんだ——」

びっくりした慎二は箸を落としそうになった。

「なにになって、わたし水彩画を習おうと思うの。いいでしょ？」

「え！」

彼は二の句が継げず、ぽかんと口を開けたまま相手を見詰めた。

「わたし、これでも高校の時は美術部に入ってたのよ。それ以来、絵なんか描いたことなかったけど、絵の道具を押し入れに仕舞いっぱなしにしておくなんて、もったいないもの」

彩子はにこやかに笑いを返した。

（なるほど、女の発想とはこんなものだ）

落ち着きを取り戻した慎二はつくづくと彼女の顔を眺めた。

「今でも古典の教室やらテニスやら、ＮＰＯの活動やら忙しいのに、まだその上水彩画をするつもりか？」

「時間は大丈夫。週二回のテニスを一回にして、その時間を水彩画に当てればいいんですもの。今までと同じ生活でいいんです。かえって新しい生き方をして生活に張りが出来ると思うわ」

彩子はこともなげに顔をほころばせた。

「それにしても、高校の時に絵をやってたなんて、君にそんな才能があったとは知らなかったなあ」

慎二は皮肉まじりに溜息を洩らした。

「趣味は才能とは関係ないと思います。あなただって、碁や俳句は趣味のつもりだったんじゃないんですか？　わたしだって、老後の楽しみを増やしたっていいでしょ？」

おもねるような語調の裏に、逆に彩子の皮肉を感じる。

どうも最近は神経が苛立っているせいか、彩子の言葉がちくりと胸を刺す。

「まあ、君の好きなようにすればいいよ」

半分口の中で言いながら、彼はそそくさと食事を続けた。

「ほんとに絵筆を持つなんて、何年ぶりかしら」

食べるのが早い彩子は、茶を飲み終えると浮き浮きした様子で立ち上がった。二人だけの食事は、ただ生理的な習慣を満たすだけのようなものだ。彼女は自分が食べ終わるとさっさと食器の片付けを始める。長年子供達だけで食事をする習慣がついてしまったせいか、食べるものを用意さえすれば相手に付き合うことはないと考えているのか、食事をするのが遅い慎二を待つことはない。慎二が食べ終わるまで席を離れなかったのは、子供が生まれるまでのことであった。

いつものことながら食卓に独り残された慎二は、足取りも軽く自分の食器を台所に運ぶ彩子の後ろ姿を睨んだ。

妻の後ろ姿など、気を付けて眺めたことは久しくない。ずいぶん太ったものだ。こんなに脂肪が付いているとは知らなかった。背中から臀部にかけてむっちりと肉が付いて、ただ厚い肉の板という感じでどこにも曲線が見られない。若い頃は華奢ながら均斉のとれた姿態は引き締まって、弾力があった。くびれた腰にエプロンをきゅっと締めたその瑞々しい後ろ姿に、思わず身体の芯が疼いたものだ。それが妊娠するたびに太ってきた。胎児のために摂取した栄養を横取りしたようなものだ。二人の娘を生み、無事に育てた後も、一旦付いた肉は落ちるどころかますます付着していくらしい。その豊満な身体で軽々と、狭い台所をどこにもぶつからずに動き回れるのには感心する。

慎二は昔からあまり体格は変わらない。社用で外食が多く食事も不規則であったが、十年前の背広も充分に着られる。もう少し太れば貫禄がつくと思うのだが、これぱかりはどうしようもない。両親も、亡くなった兄も弟も痩せぎすのほうであったから、これは遺伝なのだろう。

おとなしかった彩子が口煩い女になったばかりか、曲線美がいつの間にか扁平な板になったのも齢のせいとは言え、なんとなくペテンに引っ掛かったような気持ちを感じないではいられない。

慎二の両親の世話は兄夫婦がしてくれたから、彩子は舅や姑との人間関係で苦労することはなかったのだろう。義理に対して気を遣わないで済む生活が彼女に自己主張する習慣を与えたのか、女とは子供を生み育てるうちに、どっしりと大地に根を張ってびくともしないしたたかさを身に付けていくものなのか、まるで堅固な鉄壁の中に侵入することも出来ず手を拱いている気の弱い武将のように、こうなったら徒に抵抗してみても始まらない。

人を表すPersonという語は、芝居をする役者の面のラテン語、personaが語源であると読んだことがある。Personには人格という意味もある。役者が舞台の上で自分と全く別の人間を演じる時に使う仮面という言葉から、人格という言葉が生まれたというのは、深遠な心理の洞察というか鋭い人間観察というか、慎二はその話を読んだ時に感心したものだ。

仕事をやめて一日家にいると、嫌でも彩子の変貌を意識しないではいられない。その上悪いことに、意識し始めると同時にどうしても抜けない棘に刺されたような痛みを感じるのだ。

結婚する前に、果たして自分は彼女の人格を理解していたのだろうか。結婚後も、彩子という固有名詞を持つ個人ではなく、妻という普通名詞しか持たない存在として見ていたのではないだろうか。彼女が変わってきたのは、仮面が少しずつ剝がれてきたからなのだろうか。それとも血の通った仮面そのものが日毎に変化してきたからなのだろうか。慎二は退職してから時折、彩子の変化の中に人間の魂の奥底に蠢く不思議な力とでも言えるものに慄然とさせられることがあった。これは単に老いの僻みか思い過ごしかと言い聞かせはするものの、頭にこびり付いた思いは容易に彼を解放してくれない。

もちろん日がな一日こんなことを考えているわけではない。同じことを長い時間考えるほどの根気は無くなっている。それに、考えている最中でも、なにも考えることがないからこんなつまらないことに頭を悩ましているのだという自嘲に襲われる。どうせ人の心なんて、当人にも分からないものじゃないか。大体、長年連れ添ってきた夫婦というものは空気のような存在だと言われる。その空気に慣れ親しんだ身には、それが甘かろうが苦かろうが、もうどうでもいいのではないか。相手の心の暗闇を探って今更なにを見付けようというのだろう。最近慎二は、なにも考えないことにしている。

彩子は次の週から水彩画教室に通いだした。

カルチャー教室をやめてから、慎二の毎日は判で押したような日々であった。ただ変化といえば、雨の降る日は散歩や庭の手入れが出来ないから仕方なく家の中にくすぶっているだけだ。

その日も慎二は朝食のあと、日除けに帽子をかぶりタオルを頸に巻いて庭に出た。

梅雨明けの陽射しは朝から眩しい。天空に一つ浮かんでいる小さな雲が、透き通るような青空に充満する陽光を反射してじっと動かない。門の脇に植えられた侘助の葉が、梅雨のあいだにたっぷりと吸い取った水分のせいか、瑞々しく陽に映えて輝いていた。その反対側の庭の隅にある梅の新しい枝が、競い合って青空に伸びている。芝生の端に植えられていたチューリップもヒヤシンスも、この間切ってしまった。あとは夏水仙の白い花に影を落としている、花の終わった数本の躑躅だけで、それ以外にこの狭い庭を飾るものはない。今日はこの梅の枝を剪定する積りだ。

植木屋を頼むほどの庭木はないが、この梅のために年に一度植木屋に来てもらっていた。木は慎二の背の高さほどで、粒は小さいながらそこそこの数が実る。その年によって梅干しにしたり梅酒にしたり楽しんでいた。

「梅は七月を過ぎてから剪定したのでは、折角付いた来年の花芽を切ることになる」

庭は正月前にきれいにするものだと思って、ここへ越して来た初めての暮れに植木屋を頼んだところ、彼は剪定を終えたあとでそう教えてくれた。

それからは梅雨が明けると剪定に来てもらっていたが、年金生活になってからは暇を持て余していることもあり、本を買ってきて自分でやることにしている。

慎二がこの住宅地の一隅に地所を購入して家を建てたのは、もう四十年以上も前のことであった。

通勤や、娘達の通学にはそれまでより少し時間はかかるが、郊外の丘陵地を開発した新興住宅街は都心のマンションとは違って空気は新鮮で、周りに広々とした空間を感じる。多少遠くなっても将来の生活を考えれば、分相応の土地であった。娘達もこの環境が気に入ったので、土地を購入するなり早速家を建てた。

一区画の土地は狭いが、二階建てにすれば今までのマンションよりは広くなった。なにより子供達が喜んだのは、二階の子供部屋の外に付けられたベランダから、晴れた日には遠く西のかなたに富士山が眺められることであった。しかしここに居を移してから十年ほどの間に、それまであちこちに残されていた空き地に家が建ち、近くにマンションも出来て、ベランダからの富士山の眺めはいつの間にか消えてしまった。そして二人の娘も結婚して家を去った。

新しい分譲地は区画割りが整然としている。そこに建築協定で許される限り一杯に家を建てるから、隣との間は人が通れるほどの幅しかない。それだけに、秋がくると隣の庭の金木犀の馥郁とした匂いがこちらまで流れ込んでくるし、冬も近くなると、反対側の家からは塀越しに山茶花の真っ赤な花がこぼれてくる。借景というにはお粗末だが、庭木の少ない慎二の家にとってはそれなりに楽しめるものであった。隣の花を利用しているわけではないが、家を新築した時に造作して以来、その季節季節の草花を植える以外に庭は全く変わり映えしない。

彩子は、地域の子供会で行なう夏休みの行事の打ち合わせがあるとかで、洗濯物を干してから出掛けていた。

彼女は水彩画教室に通い出してしばらくして、

「わたしね、先生からすじがいいって、褒められたのよ」

頬を紅潮させて言ったことがある。そのうち近くの保育園に頼まれて、子供達に絵を教えるようになった。今日の打ち合わせもそれに関係しているのだろう。

慎二は一息ついて空を見上げた。さっき中天にあった雲はちょっと居場所を変えただけで、ほとんど形はそのままに浮かんでいる。今日は雨の心配はないだろう。

この間のことであった。彩子が昼食を食べてから古典の教室に出掛けたあとで、急に雨が降ってきた。バスの停留所に迎えに行くにしてもどうせ夕方近くならないと帰らないだろうと、慎二は呑気に昼寝を続けていた。幸い俄か雨だったらしく、雨足は激しかったが二時間ほどで止んでくれた。ところが夕方帰ってきた彩子は、

「洗濯物を入れてくれなかったのね」

玄関を入るなり、慌てて二階にあがっていった。

「やっと晴れたと喜んで、溜まっていたものを洗ったのに、すっかり濡らしてしまったじゃ

ありませんか」

洗濯物を両手で抱えて降りてきた彩子は、怨みがましく文句を言った。

「洗濯物を干してあるって、言っておかなかったじゃないか。下にいて、ベランダの干し物が見えるかい」

さすがに慎二も頬を膨らませて抗議した。

「今日は梅雨の晴れ間だって、朝のうち芝生の草むしりをしてたんでしょ？　外に出ればベランダの洗濯物が見えないわけないじゃないの。言われなくっても、家にいるんだからそのくらい気を付けてくれてもいいでしょ？」

その日の彩子はめずらしく機嫌が悪かった。彼女は部屋の鴨居に紐を付けると、当て付けがましく手荒に洗濯物を干し始めた。

「そんなに洗濯物が大事なら、出掛ける時は洗濯なんかしていかないことだ。梅雨の晴れ間っていっても、朝から雲も多くて怪しかったんだから——。それに僕は干し物の番をしてるわけじゃない」

慎二も彩子の調子につられて語調が荒くなった。彼女は聞こえないのか無視しているのか、なにも言い返さない。やがて干し終わると夕食の支度を始めた。

朝のうち芝生の草むしりをしている時、ベランダに洗濯物が干してあったのを慎二は思い出した。ただ何気なく目に留めただけでそのまま忘れていたのだ。折角干したのに濡らしてしまったのは、どうもこちらの不注意だ。彩子が怒るのは無理もない。彼は決心して台所に来ると、

「これからのこともあるから、乾燥機を買おうか」

謝るのは癪だから、これが彼の出来る精一杯の言い訳であった。

「あら、乾燥機を買ってくれるの？」

果たして彩子が弾んだ声をあげた。だがすぐ、

「子供達がいるのならともかく、二人だけの洗濯に乾燥機を使うのはもったいないわ。それに、狭いから置く場所もないし……」

どうせ彼女のことだからそう言うだろうと思っていたから、慎二は敢えて逆らわない。

「まあ、君の好きなようにすればいいよ」

これで一件落着というところであった。

梅雨明け十日と言われるように、梅雨が明けてしばらくは安定した天気が続くが、このことがあったから、慎二は剪定しながら時々空を眺めなければならなかった。だがこの天気なら今日は大丈夫だ。

梅の枝を切り落とすたびに、彼は木から少し離れて眺めてみた。幼い頃、植木屋が少し

切っては木から離れ少し切っては離れて枝振りを眺めていたのを覚えている。そうやって眺めると、近くでは分からない木の格好がよく見えるものだ。彼は植木屋になったような楽しい気分で仕事を続けた。

風のない日はねっとりと汗が身体にまとわり付く。慎二は帽子を脱いで額の汗を拭いた。すっかり汗をかいてしまった、これ以上続ければ熱中症になりかねない、彼は切り取った枝を結わえ道具を片付けると、家に入った。時計を見ると十一時前だ。シャワーを浴び冷房を付けてからソファーに横になった。彩子はまだ帰らないだろう。

眠る積りはなかったのに、いつの間にかうとうとしたらしい。玄関の鍵が開けられたのも気付かなかった。

以前、このあたりで空巣の被害が続いていると、町内会の回覧板で知らせてくれたことがあった。それ以来、家にいる時でも玄関や勝手口は鍵を掛けておく。

「クーラーを付けたままうたた寝したら、風邪を引きますわよ」

彩子の声で目が覚めた。

「いや、ちょっと横になってるだけだよ」

慎二はたるんでいる瞼を思い切り開いてみせた。

「そうお?」

彼女は疑わしそうに彼の顔を覗き見て、

「夏風邪引くのは、馬鹿だって――」

鼻の先であしらうように軽々と言い放った。冗談の積りだろうが、ひと言多い。最近はどうも彩子のひと言が引っ掛かる。むっとしたものの、彼は黙って聞き流しておいた。彩子もそれ以上はなにも言わず昼食の用意を始めた。しばらくして、

「お素麵が出来ましたよ」

彼女に声を掛けられて慎二は食堂に行った。

テーブルには素麵と、ハムを載せた野菜サラダの鉢が並んでいる。これは昼食の定番だ。ただ日によってハムが茹で卵になったりソーセージに変わるだけだ。

(発想が貧困だ)

最近は食事のたびにそう思う。彩子は昔から食べ物に変化を付けるということはしない。料理の本やテレビで勉強したり工夫したりするということは、考えも出来ないのだろう。ただ母親のお仕込みのせいか煮物だけは旨い。彼女の献立の変化は、その季節の食品の変化に合わせるだけのものだ。だが食べ物に選り好みはしない彼だから、今まで文句を言ったことはなかった。

「また、素麵かー」

椅子に坐るなり、慎二はつい無愛想な口調で呟いた。

「あら、お素麺は好きだったんじゃないの？　夏は素麺に限るって言ってたのに……」

「そりゃ麺類は嫌いじゃないが、こう毎日素麺じゃ飽きてしまうよ」

「悪かったわね。じゃ、明日は何にする？　なにが食べたい？」

「そうだなあ——」

聞かれて慎二は困った。なにが食べたいというのではない。なんとなく彩子に逆らってみたいだけのことだ。だが聞かれて黙っているわけにもいかず、

「塩鮭を入れて、海苔で巻いた握り飯がいいな」

咄嗟に頭にひらめいたもので誤魔化した。

「じゃあ、明日はお握りにしましょうね」

「ああ、そうしてもらいたいね」

なにか言い返してくると思っていたのに、案外素直にそう言われるといささか拍子抜けがする。だがこの調子では、この先当分はお握りが続くだろう。

素麺を食べ終わると、彩子はいつものようにすぐ席を立たない。なにか言いたいことがあるのだろうと身構えるところは、被害妄想というものかもしれない。

「この町内にも老人会があって、ゲートボールや麻雀や碁や盆栽の部があるんですって。あ

なたも老人会に入ってみたらどうかしら」

案の定、彩子が遠慮がちな口調で言い出した。

「ゲートボールとか盆栽とか、そんなものは、なにもすることのない年寄りのすることだ。そんなところに仲間入りはしたくない」

慎二は殊更眉をしかめて見せた。

「別に年寄りのすることと決めてかからなくてもいいでしょ？　人と付き合うのは刺激になるし、身体のためにもいいんじゃないかしら。一日中家に閉じ籠っていると、身体ばかりか気持ちまでしぼんでしまうわよ」

彩子は上目遣いに彼を見詰めた。子供に言い聞かすようなやさしい口調が却って気に障る。

「閉じ籠ってばかりいないよ。散歩にも行くし、庭の手入れもしている。ちゃんと運動してるんだ。人と付き合わないからって、気持ちがしぼむものじゃない。しぼむかしぼまないか、その人の感性の問題だ」

食べ終わったのを幸い、慎二はがたんと大きく椅子を動かして立ち上がると、食堂を出た。

人と付き合うことも新しいことをやってみようともしない毎日の生活を、慎二は決してそれでよしとしているわけではない。意欲がないわけではない。行動が伴わないのだ。散歩と庭仕事と昼寝と読書と、それだけのなんの変化も刺激もない日々を内心はもどかしく思っている。どうにかしなければという焦りもある。だがそれを面と向かって言われるのは、傷口に触られるようで自尊心が許さない。彩子がどんなに外出が多くても黙っているのだから、こちらのことに口を挟んでもらいたくない、舌の先まで出かかった言葉を、彼は固いものを飲み込むようにぐっと腹の中に落とし入れた。

（三）

建設会社に入った慎二は若い頃、現場の仕事に携わってきた。専門家はもちろん、下請け業者や工事現場で働く人達や日雇いの作業員とも分け隔てなく付き合ってきたから、誰にでも好かれて交際範囲は広かった。その上、仕事には誠実で完全主義者であった彼は上司からは信頼されたし、思いやりもあったから部下からは慕われてきた。こういう、悪く言えば八方美人的な性格は昔からのもので、会社の会合ばかりか大学や高校のクラス会にも、誘われれば都合のつく限り出席したものだ。ところが退職した途端、人付き合いの悪い閉鎖的な人間になってしまった。

その変容に彼自身気付いていないわけではない。

ある年齢がくれば退職することは分かっている。顧問になった時も、あと何年で会社をやめると覚悟はしていた。そこには幾らかの解放感もないではなかった。しかしその後の生活設計となると、無趣味の彼はなにをしていいのか思い付かない。

(その時になれば、なるようになるだろう。ただ家にいる時間が長くなるだけのことだ)

半分は諦めに似た気持ちだ。自分を追いかけてくる時間の流れというものを感じていながら、仕事一途の慎二にとって会社を離れた自分の存在というものは、どうしても実感が湧いてこない。

ところがいざ退職してみると、突然足場が崩れたように、どこにも支えのない虚脱感に襲われた。まるで空中に放り出されて浮くにも浮けず、下の地面に落ちることも出来ず、ただ稀薄な空間に漂っているだけの不安定な自分を発見したのだ。

それからは坂の上の車がひとりでにだらだらと転がり落ちるように、惰性でその日を過ごしてきた。近い将来、死が訪れた時、もっと違った生き方が出来た筈だと後悔するだろう。それが分かっていながら、無趣味な慎二はしたいことも見付からず、その日その日を過ごすしかなかった。

立秋を過ぎると朝晩は涼しくなるものの、日中は相変わらず酷暑が続く。庭の芝生も生気がなく、風のない日にはよどんだ熱気が周りに充満して、人は冷房のきいた屋内にじっと暑さを避けているのか、隣近所からは物音も聞こえない。

そんなある日、慎二は朝ご飯の時、

「今日は映画に行ってくるよ」

こともなげに言い出した。

「えー」

箸を宙に浮かせたまま、彩子はまじまじと彼を見詰めた。その目付きには、まるで思いがけず異星人に出会ったような驚きがあった。だがそれも一瞬で、

「めずらしいことね。わたしも連れてってー」

甘えた口調で身を乗り出してきた。

彩子は最近、少し贅肉が取れて身体がすっきりしたばかりか、言葉付きまで若々しくなっている。

「今日は子供会でやってる、夏休みの絵の教室があるんじゃなかったのかい?」

慎二は殊更穏やかに言い返した。彼女が今日は出掛けることは分かっている。

「ああ、そうだったわ。今からドタキャンは出来ないものね。ね、映画は明日にしてくれな

い？　明日なら、わたしは暇だから一緒に行けるもの」

「いや、僕は今日、行きたいんだ」

彼は断固として言い放った。

「そう――」

顔を強ばらせ、もの言いたげに唇を動かしかけた彩子は、なにかを飲み込むようにぐっと喉を鳴らすと、

「出不精のあなたが、折角出掛ける気持ちになったんだもの、思い立った時に行ってくればいいわ」

無理に押し出すように言った。

「午前中に出掛ける積りだから、昼飯はいらないよ」

慎二は言いながらテーブルを離れた。

(これで今日の昼は、お握りから解放される)

なんとなく敵討ちをしたような、こんなことで少しは憂さを晴らしているような、あまり得意になる気持ちではなかったが、それでも慎二は昼前になると、いそいそと着替えを始めた。

夏休みのせいか日中でも人出は多かったが、電車はそれほど混んではいなかった。通勤し

ている時はいつも混雑している電車に押し込まれていたから、この程度の乗客では空いている方だ。

慎二が電車に乗ろうと足を上げた時、脇をすり抜けるようにして一人の男の子が飛び乗った。

「あっ」

その勢いによろめきそうになる彼を太い腕で押しのけて、あとから母親らしい中年の女性が乗ってきた。男の子はドアの横の空いている座席に素早く坐ると、横の席に腕を広げ、

「お母さん、早くー」

と女性を急きたてている。慎二の坐る場所はない。

彼はわざと男の子の前の吊り革にぶら下がって、しげしげと二人を眺めた。

男の子は小学校四、五年くらいだろうか、坐るなりポケットからスマートフォンを取り出した。

慎二は小学校に入ってから、遠距離の汽車はともかく、電車では席が空いていても坐らせてもらったことがない。

「男の子は電車で坐るものじゃない。自分より目上の人に席を譲るものです。それに、振動する電車で立っているのは、身体の平衡感覚を鍛えるからいいのよ」

母親がそう彼に教えてくれた。だから老人が立っている前で平然と坐っている男の子を見ると、あまりにも大きい世代の差を感じないではいられない。

次の駅で幸い母子の前の席が空いたので、慎二は坐ってゆっくり二人を観察することが出来た。

齢は四十前ぐらいだろうか、化粧やけした皮膚の衰えはどんなに厚化粧しても隠せないのに、これ見よがしに真っ赤に塗った唇はいかにも品がない。顔形は問題ではない。人間は四十になれば自分の顔に責任を持たねばならないと言った人がいたが、加齢とともに加わってくる人柄の魅力は見ていて快いものだ。だが精神が伴わなければ、若さで隠されていたものも年月を経るうちに正体が露見してしまう。知性のなさは化粧では隠蔽されない。こってりと顔を塗るのはかえって無教養をさらけ出すだけだが、当人がそれに気付かないのは哀れなものだ。男の子は座席から滑り落ちるばかりに身体をずらしてスマホに見入っている。その行儀の悪さをたしなめようとはしない母親の無神経に、この家庭の教養の程度が分かる。

慎二は二人の観察に飽きてしまうと、やおら周囲を見回し始めた。

彼の左右に坐っている若い男性も女性も、前に立っている高校生らしい女の子も、脇目もふらずにスマホを操作している。その恰好が申し合わせたようにみな同じなのが異様な感じだ。

交通機関は目的地へ行くための手段だから、話し相手がなければ黙って坐っているなり本を読むなりするのは当たり前なのだが、こうも揃いも揃って同じ恰好を見せられると気味が悪くなるばかりか、若者の周囲への無関心に腹立たしくなってくる。厚化粧の女の横に坐っている高校生らしい男は足を通路に伸ばして、前を通る人の邪魔になっていることには気が付かないらしい。慎二の横の若者など、次の駅で乗ってきた老婆に席を譲ろうともしない。

（これは親の責任だ。家庭教育の問題だ）

彼は苦々しい思いで目を逸らせたが、ふと、子供の躾も出来ないこんな親を育てたのは、自分達の世代なのではないかということに思い当たった。

日本人は昔から共同体意識が強かったから、おのずから周囲に対する配慮を持っていた筈だ。その公序良俗とでもいう美風はいつの間に変わったのだろう。

（そうだ、あの時からなんだ）

彼は静かに目を瞑った。

慎二は旧制中学一年の時、敗戦を迎えた。八月十五日を境にして全ての価値観が百八十度の転換をした。だが自分の力で勝ち取ったのではない自由や権利をどう扱ったらよいのか、ほとんどの日本人は分からなかったのではないだろうか。当時は食糧難で、国民は今日食べるものがあるかないかに血眼になっていた。自由や権利で腹がくちくなるものではない。経済の再建が先だ。ところが戦後の疲弊した日本経済は、その後におこった朝鮮戦争によって活気を取り戻した。戦争で焦土と化した日本が他国の戦争のお蔭で蘇るとは、歴史とは皮肉なものだ。だが焦土になったのは国土ばかりではない。日本人の精神もまた拠り所を失って焦土になったのではないだろうか。経済復興の波に乗ったまま反省も理念も、自由の意味も分かろうとせず、精神は置き忘れられてしまった。

慎二はそんなことを考えているうちに疲れてきた。こういう話は今までほとんど考えたことはなかった。彼自身も建設会社に入って復興に携わってしまうと、ただ仕事に忠実で、時代を省みる余裕も持てなかった。

うつらうつらと居眠りをしているうちに駅に着いた。慌てて降りた慎二は、駅を出るなり思わず目をしばたたいた。真上に上がった太陽が容赦なく照りつけている。肌にねばり付く残暑は毛穴まで塞いで、風のない街中は老人の身にこたえる。焼けるような舗道や乾ききった建物の壁から照りつける熱気、窓ガラスに反射する陽光、商店から吐き出される騒音や雑踏の人いきれ、久し振りに味わう街中の騒がしさに、思わず眩暈がしそうだ。だがまず腹ごしらえだ。彼は駅前のラーメン屋に入って冷やし中華そばを食べた。

店を出た慎二は行き当たりばったりに、通りに面した映画館に入った。なにを観るという当てがあったわけではないから、看板もろくに見もしなかった。とにかく家を出る口実があればよかっただけだし、どこでもよいから早く腰をおろしたかっただけだ。

館内はそれほど混んではいなかったが、子供連れが多くてあたりはざわざわと騒がしい。

慎二は真ん中の見やすい席に坐った。

映画が始まると、スクリーンからは拡大された映像がわあーとばかり目の中に飛び込んでくる。

（なんだ、アニメだったのかー）

確かめもせずに入った自分の粗忽さに、慎二は腹の中で苦笑した。

耳を聾するばかりの音楽が鼓膜にがんがんと響く。静かな住宅地で騒音もなく、ひっそりと毎日を送っている彼の感覚には、それは余りにも強烈過ぎた。だがその刺激は単に視覚と聴覚という生理的な感覚に与えられるだけのもので、それ以上ではなかった。

彼は新制高校の時、友人とよく映画を観に行ったのを思い出した。

「靴みがき」「自転車泥棒」「無防備都市」など、この齢になっても当時の感動は記憶に残っている。学生時代には場末にある〈名画座〉で安く映画を観たものだ。確か三十円だったと覚えている。そんな青春の思い出が蘇ってきて、彼はそこそこに映画館を出た。

このまま帰りたいとは思ったが、映画を観て帰ったにしては早すぎる。彩子から不審がられて色々詮索されるに違いない。慎二は時間つぶしに本屋に寄り、しばらく立ち読みしてから文庫本を一冊買い、ついでにデパートに行った。別に買い物をする気はない。地下の食品売り場に下りていくと、ここは買い物客で混んでいた。子供連れの主婦はもちろん、若い男女や老人や、あらゆる年齢ばかりか、あらゆる階層の人々と言いたいほど雑多な人間がひしめいている。慎二は人にもまれながら、人にぶつかりながら、それでもやっと餡蜜を二つ買い、ほうほうの態で外に出た。

帰り道を急ぐ慎二の背中に汗がねばり付く。陽はまだ高かった。住宅街の中にある小さな公園の横を通ると、欅の木から蟬の声がかしましく聞こえる。

家に帰ると、彩子はもう戻っていた。彼女は子供会で預かってきた彼等の絵を食卓に並べて見ていた。お土産の餡蜜を渡すと、

「わあ、嬉しい。冷やしてすぐ食べる？　それともご飯のあとにする？」

彩子は顔をほころばせ、壊れ物を扱うように両手で受け取った。

「ご飯のあとでいいよ」

言いながら、慎二は衣類を脱ぎ始めた。彼は酒やビールも好きだが、甘いものも好きで、両刀遣いと言われている。彩子は彼に手伝いながら、

「映画は、面白かった？」

と聞いてきた。背中で聞く彼女の声はいつものように控えめだ。明日ならば一緒に行ける

のに、わざと今日行くと押し通したことに拘っている様子は感じられない。だが慎二は、

「いや、それほどでもなかった」

歯切れの悪い口調で言い捨てると、足早に浴室に逃げていった。

映画の題名も知らないどころか、うっかり子供向けの動画を観てしまったとは、口が裂けても言えるものではない。なにを観たのか聞かれたら大変だ。

シャワーを浴びて、いつも定席にしているソファーに坐ると、彩子が麦茶を持ってきてくれた。

「うーん、おいしいー」

慎二は思わず喉を鳴らして一息に飲みほした。冷たい麦茶が、シャワーで汗を流してさっぱりした身体の芯まで染み込んで、この半日の雑踏にもまれた疲れが嘘のように消えていく。

「もう一杯どう？　外に出ると喉が渇くでしょ？」

「いや、もういいよ。ご馳走さん」

慎二は彩子の渡してくれたおしぼりで口を拭くと、ソファーにゆったりと凭れた。すると、

「お昼は、なにを食べたの？」

盆を抱えたまま彩子が尋ねた。

(話題が逸れてくれてよかった)

彼は彩子を見上げて屈託なく、

「ああ、冷やし中華を食べたよ」

「あら、おいしそう。わたしも食べたい。そうだ、明日のお昼は中華そばを作ろう」

彩子は素晴らしい思い付きでもしたように、浮き浮きと言い返した。

(またかー。これでは当分、お握りの代わりに冷やし中華だろうな)

だが慎二はそれを口には出さなかった。ただ笑いたくなるのを抑え、ソファーに長々と横になると、

「やっぱり我が家が、一番いい」

つい本音を洩らしてしまった。

「そうでしょ」

彩子はにっと笑って、足取りも軽く部屋を出て行った。

陽が落ちると日中の残暑も和らぎ、大気が俄かに爽やかに感じられる。慎二は夜になってから葉書を入れに外に出た。

昼間でも静かな住宅街は、この時間になると勤めから帰る人が時折り通るだけで、聞こえるのは自分の足音と、通りに面した家々から思い出したように洩れてくる物音だけだ。それが夜の静けさを一層深く感じさせる。まだ灯火を消さない家から洩れる明かりや街灯に照らされた木の葉が、金属的な光をおびて微風に揺れていた。このところ夜に外出することのない彼は、この幻想的とも言える光景に気をとられて歩いていった。勤めている時は夜遅く帰宅していたのに、その頃は帰りを急ぐだけで夜景を観賞するという気分は湧いてこなかったものだ。

夜道が明かるい。慎二は空を見上げた。空には一片の雲もない。その空に、芝居の書き割りのようにくっきりと、満月を過ぎた月があたりを照らしていた。

幼い頃、月で兎が餅をついているのだと叔母が教えてくれた。子供心にも兎の話は疑わしかったが、彼を可愛がってくれた叔母に反対も出来ず黙って聞いていた。その叔母は彼が幼稚園に入る頃、結婚して家を出た。嫁ぎ先が近くであったからよくお土産を持って遊びにきていた。彼等兄弟の結婚相手の世話をしたのも彼女であった。子供がいないせいもあって、若い時から生け花の師匠を続けていた叔母も、もう三十年も前に亡くなった。やさしい人であった。どちらかと言えば、慎二は厳格な母親よりも叔母になついていた。十五夜には一緒に芒や団子を供えたし、学生時代にはよく小遣いを呉れたものだ。そんな懐かしい思い出が蘇ってきて、慎二は妙に感傷的な気分になって月を仰ぎ見た。

真珠色の月の面にくっきりと描かれた兎を眺めているうちに、彼ははっと頬を強ばらせた。どうしてこんな想像が浮かんだのだろう。

これは叔母が教えてくれた無邪気な兎ではない。この印象は奇怪というより、醜悪だ。そうは思いながら、見れば見るほど確かな実像になってくる。

それは、頭に大きな羽飾りを付けたインディアンの酋長が、身体をかがめて自分の股間を眺めている姿なのだ。月に対して抱くロマンティックな気持ちや思い出などとはほど遠い、卑賤な想像に我ながら呆れた。だが一旦浮かんだ印象は彼の心を強く摑んで離さない。あの月の酋長には妻か恋人かがいるのだろうか。なんと哀れな様子なのだろう。衰えた男の一物を人知れず落胆をこめて見詰めている、やり場のない悲哀と絶望がある。慎二は眺めているうちに身につまされ、溜息をつきながら目を逸らせた。

慎二はふと、この自分の印象を、誰かに覗き見られはしなかったかと、思わずあたりを見回した。

彩子と同衾しなくなってもう何年になるだろう。最後に彼女を抱いた時、どうしても果たせなかった。その時の苛立ちと屈辱にも似た気持ちを思い出すと、また駄目かもしれないという不安が先にたって妻を誘うことが出来なくなる。そうやって躊躇っているうちに、欲望の方も次第に薄らいでいった。

結婚の当初こそ、彩子との夜の営みは慎二にとってなにものにも換えがたいものであったが、やがてそれはいつの間にか新鮮さを失って惰性というか習慣というか、幾分かは儀礼的な行為とでも言えるようになっていった。

男というものは、色ごのみの性格でなくても妻がいても、若いうちは肉感的な女性とすれ違っただけで身体の芯がもやもやすることがあるものだ。この齢になっても若い女の子がミニスカートの裾からむっちりとした素肌の太腿を覗かせているのを見ると、目のやり場に困る。はっとして慌てて目を逸らしてしまう。しかし以前のように身体の芯が熱くなることはなくなった。

十年も前になるだろうか、高校の同期会で話が盛り上がってきた時、一人の友人が性欲の衰えを嘆いたところ、

「衰えたままにしておくと、ますます使い物にならなくなるものだよ。衰えは男にとって大変な問題なんだ。接して洩らさずと言う人がいるけど、あれは間違いだ。人間の身体はどんな臓器でも常に活動してないと、委縮するものだし、特に男の場合は、通りが悪くなって前立腺肥大をおこす。悪くすれば癌にもなりやすい。交接は癌の予防になるんだから――」

河辺が真面目な顔をして説教したことがあった。皆は医者の河辺の言うことに耳を傾けて

いたものだ。

癌の予防のために、衰えた身体に鞭打って彩子を抱くのは気が進まない。だが時々、ふとその河辺の言葉を思い出して苦笑いすることがある。

月の光に照らされた木の葉が不意に動きをとめたかと思うと、また思い出したように風に揺さぶられる。そのたびに襟元をかすめる風が肌に心地よい。街灯が家々や木々の黒いかたまりには無関心に突っ立っている。そのけぶるような淡い光が月の輝きに気圧されて霞む下で、人の影もない夜道が殊更淋しく感じられた。

慎二は足を止めて月を見上げた。インディアンの酋長は相変わらず俯いて動かない。だが今見ると、先程のような醜い感じはなくなっている。むしろ超俗と言うか、静かな諦観がある。

あの月のインディアンより、老いを受け入れられずにじたばたしている自分の方がどれほど哀れなことか。

(このままではいけない。なにかしなければいけない)

いつもそう思いながらぐずぐずと決めかねている自分の不甲斐なさが、今更のようにやりきれなくなる。

眺めているうちに、酋長がふと笑っているように思われた。天上から、慎二を見下ろして、あの笑いは地上にしがみ付いてもがいている彼を憐れんでいるのか、もしかしたら嘲笑っているのかもしれない。慎二は慌てて目を逸らすと足早に家に帰った。

（四）

二日続いた雨のあとで慎二は庭に出てみた。雲は多いながらも陽射しは明かるく清々しい。雲間から見える青空が白い雲に映えて、彼は思わず目をしばたたいた。

一昨年彩子が友人からもらってきて植えた彼岸花が二輪、真紅の色も紫に褪せてしおれている。梅の葉は雨を受けたあとなのに艶がなく、濡れた芝生もどことなく生気がない。この間まではむせるばかりの香りを漂わせていた隣家の金木犀も、ほとんど散ってしまった。慎二は彼岸花を切り捨て、芝生に落ちた金木犀の花の掃除を始めた。

雨に叩かれて芝生の間に入り込んだ小さな花は簡単に取れない。彼は芝を傷めないように箒の先だけで根気よく掃いていた。すると、

「花が落ちて、いつもお宅にご迷惑をお掛けしますね」

垣根の向こうで声がする。隣家の主婦だ。垣根ごしに話し掛けるとはめずらしい。それも取って付けたような口調だ。慎二は慌てて、

「いや、お互い様です」

屈めていた腰を伸ばして応えた。

「ほんと、お互い様ですわね。お宅の梅の花も葉も、こちらに落ちてきますからね」

正直なのか嫌味なのか、いくらか頬を強ばらせた主婦の腹の中が読めない。

「ご迷惑をお掛けして済みません」

とりあえず謝っておく方が無難だ。

隣家とは、慎二がここに越してきた時からの付き合いだからもう四十年以上にもなる。だが自治会の回覧板を回す時とか、道で出会った時に挨拶をするぐらいで、垣根ごしに話をするほど親しくしているわけではない。主人という人は慎二より齢はかなり若いが、退職したのは早かった。

ここは新しく開発された住宅地だけに、入居した当時、住人はみなよく似たような年齢であった。そして四十余年が経った今、どこの主も退職し、子供が結婚して家を出たりして、ほとんどが老夫婦二人だけの世帯になってしまっていた。

「自分のとこの花の始末は自分でするものですけど、そのためにわざわざお邪魔するのも悪いですものね」

隣の主婦は立ち去る様子もない。言いたいことがまだあるのではないかと彼女を見返した慎二は、さっきの固い表情がいくらか和らいでいるのを見て、はっと気が付いた。四十余年も経ってからやっと自分の庭を汚していたことを謝ってくれたから少し気分が良くなったのだろうか。これはいささか勘繰り過ぎかもしれないが、当たらずと言えども遠からずだろう。彼は腹の中で苦笑した。

（大体女は執念深い。復讐心も強く被害妄想も強い。こちらだって毎年金木犀の掃除をさせられているんだ）

しかしそんな大人げないことは口に出せない。

「梅の花や葉に比べれば、金木犀のこんな小さな花は、大した手間はかかりませんから――」

皮肉を込めて言いながら、慎二は箒を持ち直して手荒に掃除を続けた。

（用がないのなら、さっさと行ってくれ）

全身でそれを表現している積りなのだが、どうやら主婦には通じないらしい。

「そりゃあ、金木犀の花ならすぐ腐って肥料になりますし、梅に比べれば大した手間ではないでしょうね」

にこやかに言いながら主婦は垣根のそばに寄って来た。

（金木犀は常緑樹といっても、新陳代謝で結構葉が落ちるものだ。自分のとこの庭木のくせに知らないのか――）

彼はむかっ腹を立てたが聞こえない振りをしていた。

「でも、毎日、よくご精が出ますこと」

主婦は黙っている慎二に阿るような、愛想のよい口調で話し掛けてくる。

「いや、暇ですからね」

彼は仕方なく人当りのよい調子で言い返したが、内心は苛々していた。

「いくら暇でも、そう毎日のように出来るものじゃないですわ。草むしりならともかく、梅の剪定までなさるんですものね」

「暇ですからね。もちろん素人仕事ですが――」

「そうですわね。素人仕事は見た目にもやっぱり素人仕事と分かるものですわね。それにしてもお宅はお上手ですわ。うちの主人なんか、庭木の剪定は本職の植木屋のすることだって言って、小さな枝一本だって、切ろうとしないんですよ。もっとも主人はそんな器用な人じゃありませんけどね」

褒めているのか素人仕事を嘲っているのか、主婦は垣根に身体を支えでんと構えて動かない。この女も彩子同様、しっかり肉が付いている。その肉の分、女は鈍感になってくるのかもしれない。それにしても、人の庭の梅の様子までよく観察しているものだ。

（いつまで喋っているつもりなんだ――）

不愉快さを抑えている慎二は返事もしたくなかった。といって黙って立ち去るのはこちらの気持ちが見え透いている。彼が迷っていると、電話の音が聞こえた。

「電話ですから、失礼します」

急ぎ足でその場を離れた慎二は、建物の陰に回って主婦の視野から逃れると、ほっと息をついた。

電話に出る積りは初めからない。今日は彩子が家にいる。さっき洗濯物を干していたから、今頃は台所の片付けか掃除でもしているだろう。最近は慎二に電話がくることはほとんどない。彼に掛けてくれるのは河辺ぐらいのものだ。だが彩子には毎日のように電話がくる。毎日のように出歩いているのに、毎日のように電話がくるとは、それも呆れるほど長々とお喋りをするとは、女とはよくこうも話題が尽きないものだと感心する。

電話の呼び出し音は消えた。慎二は歩調をゆるめて勝手口の方に行った。

「わたしは幸か不幸か、娘しかいないから、嫁との確執は分からない。それに、主人の両親の世話は兄夫婦がみてくれたから、姑に仕えたこともないし——」

開けた台所の窓から彩子の声が聞こえる。電話の相手は例によって彼女の友人だろう。慎二が庭にいるものと思っているのか、声を低めようともしない。

「あなたは死ぬか生きるかの大恋愛をして、結婚したんでしょ？　お姑さんがいることは分かってたじゃないの。もう曾孫も生まれるって頃になってもまだお姑さんへの怨みが忘れられないなんて。肝心のお姑さんがもうこの世にいないんだから、いつまでも愚痴を言わないの」

彩子の笑いを含んだ声が明かるい。慎二が窓の下にいるのに気が付かないらしい。

(ここでも、執念深い女がいる——)

彼は思わず薄ら笑いを浮かべながら窓から離れた。

盗み聞きは彼の趣味ではない。しかし今すぐ庭に戻ればまた隣の主婦に摑まるだろうし、家に入るのもなんとなく話の邪魔をするようだし、決めかねてそれ以上は動けない。狭い家のことだ。少しくらい離れても声の方が勝手に耳に入ってくるのだから仕方がない。聞かれたくなければ窓ぐらい閉めればいい。そうは思いながらも慎二は、隣の主婦が家の中に入ってくれるか電話が終わるか、早くどちらかにしてもらいたいとじりじりしていた。電話の相手は立て続けに喋っているらしく、彩子は「そうなの」とか「うん、うん」とか相槌を打っている。

「あり難きもの、舅にほめらるる婿、姑に思わるる嫁の君って、高校の時、枕草子でならったの、そこのところが印象に残って今でも覚えてるけど、嫁と姑のあいだは大昔から変わらないのよ」

彩子は声を出して笑っている。だがその内、相手の話に次第に引き込まれていったのか、

「あなたの言う通り、わたし達の世代って、本当につまらないわねえ」

溜息をつくようにしみじみと言い出した。

「結婚したら舅や姑に仕えるものと教えられたわ。友達の話では、忍従の生活が終わってやっとこれで主婦の座がもらえるし、息子が結婚したら今度は自分が姑になって嫁を使う番だと思っていたのに、今の若い人は結婚したら親とは別居するものだと心得ているらしい。相談もなく最初っから別居。偶に来てもお客様。嫁を使うどころか、こちらが逆に気を遣って使われてるんだってー」

彩子の語調が次第に険しくなってくる。相手もこちらに劣らず言い立てているらしい。

「男だって女房の言いなりなのよ。男性って、本当は気が弱いのね。それに順応性がない。その証拠に、女房に先立たれると、あまり長生き出来ないの。そこへいくと女は夫がいなくなると却って長生きする。したたかなのか、頭の上の重石がとれて自由になるためか知らないけど、大体未亡人は寿命が長いのね。でもね」

彩子は息を整えるように言葉を切ったが、

「人という字は二人の人が支え合ってる形でしょ？　わたしなら、未亡人になって独りで淋しく長生きするより、夫婦揃って元気に生きてる方がいいわ」

誰に言い聞かすのでもない、しんみりとした彩子の声を背中に聞きながら、慎二は足音をしのばせて庭に戻った。隣の主婦の姿は見えないが、掃除を続ける気はなくなっている。箒や塵取りを片付けて勝手口に戻ると、もう電話の声はしない。彩子は台所で洗い物をしていた。

「雨のあとの空気は、気持ちがいいね」

立ち聞きをした後だけに、黙って彼女の横を通るのも気が咎めて、慎二は背中を反らせ楽しげに声を掛けた。

「そうね。でも今日は庭仕事が早いのね」

彩子は手を休めず顔だけ彼に向けた。その顔は屈託なげで、どことなく若々しくさえ見える。この様子では立ち聞きに気が付いていないらしい。不意に慎二は彼女がいとおしくなった。

「今日は教室もＮＰＯもないんだろう？　久し振りに外で食事でもしようじゃないか」

たった今まで考えもしなかったことが口から出てきた。言い終わってから、彼は自分の口調がわざとらしく快活過ぎたように思えて恥ずかしくなった。食事に行こうなどと、このところ久しく誘ったことはなかった。だが口に出してしまったからには取り消せない。果たして彩子は呆気にとられたように野菜を洗う手を休め、まじまじと彼を見詰めた。

「どういう風の吹き回しですの？　めずらしいこと。外でお食事なんて、このお正月に娘達と皆で行ったきりよ」

「よく覚えているね」

「そりゃ、女って、そういうことはよく覚えてるものよ」

まだ信じられないようにぽかんとしている彩子の視線から逃れて、慎二は洗面所に行った。その後ろで、

「やっと雨があがって洗濯物が干せたのに、また明日は大雨が降るわよ」

彩子の独り言が聞こえた。

「戸締りは僕がするから、早く支度をしなさい」

台所に顔だけ出して声を掛けると、さっさと着替えを始めた。

「洗濯物は、どうするの？」

「雲はちょっと多いけど、昼飯をたべて帰るまでは大丈夫だよ。それより、早く支度することだ」

慎二は身支度を終えて台所に戻ると、殊更事務的な口調で言った。

「はい、はい。すぐ支度します。それにしても、あんまり急な話なんですもの。女の支度って、時間がかかるんですからね。さて、何を着ていこうかしらー」

口の中でぶつぶつ言いながら、それでも彩子はいそいそと鏡台の前に坐った。

夜中に起きた慎二は小用を済ませてから、ふと立ち止まってあたりを見回した。夜明けにはまだ早い。廊下には夜の冷気が漂い、冬の寒さはないものの空気はひんやりと肌に染み込んでくる。足下灯の淡い光の届かない階段の暗がりが、なんとなくわびしげに感じられた。

娘達が結婚してから、偶に彼等が泊まる時以外は二階の部屋を使うことはない。もう何十年もそんな生活をしていながら、時折り夜中など、慎二はまだ娘達が二階にいるような気がすることがある。今も、階段がきしんで娘が降りてきそうだ。彼は自分の錯覚を笑いながら、少し前屈みになって足早に寝室へ戻った。

彩子は襖の開け立てにも目を覚ます気配はない。慎二はそっと布団にもぐり込んだ。さてもう一眠りと目を瞑った時、突然、心臓がびくびくっと踊りあがった。こんなことは初めてだ。慌てて胸を押さえた。起きる方がいいのか動かないでいるのがいいのか、咄嗟に判断がつかない。横で彩子の規則正しい寝息が聞こえる。

(彩子を起こそうか、いや、もう少し様子をみてからでもいいかもしれない)

彼はゆっくりと深呼吸をしながら脈を測ってみた。脈は結滞して乱れ、数えることも出来ない。手首に触れるのも恐ろしいほどだ。このまま心臓が止まってしまうのではないだろうか、襲いかかってくる恐怖に堪えながら、彼は落ち着け、落ち着けと自分に言い聞かせて深呼吸を続けた。

暑さは感じないのに、身体中がほてってくる。

自分のものでありながら、この身体の中の臓器は自分の意志に従わない。それどころか持ち主の不安や努力を嘲笑うかのように、不整脈は正常に戻る様子もなかった。

慎二は八十歳を迎えた時、もういつ死んでも構わないと思った。二人の娘も孫達も安定した生活を送っている。彩子が生活に困ることはないし、もしなにかあっても娘達が力になってくれるだろう。何も思い残すことはない。ただ長患いをしてじわじわと死を待つより、ころりと死なせてもらいたい、そういう死を従容と受け入れられると考えていた。ところが今、そんな考えが虚勢であったことを痛感した。目の前に突然死を感じた時、すっかり狼狽した自分を発見したのだ。以前、友人の河辺から聞いてそのまま忘れていた話が不意に思い出された。彼がまだ大学病院に勤めていた頃、徳の高いと評判のある僧侶から、

「わたしは修行を積んで、何を聞かされても平静を失わないから、本当のことを教えてもらいたい」

と頼まれ、仕方なく癌だと告知したところ、その高僧は精神がおかしくなったというの

だ。その話をした後で、

「人間というものは、一寸先が見えないから希望が持てるし、平静な気持ちで生きていけるんだろう。だがいざとなると、そんな自惚れは吹き飛んでしまうものだ」

と言ったことがある。その時は、河辺のいつもの逆説だろうくらいに聞き流していたものだ。

人間は必ず死ぬものだということは誰でも知っている。ただ元気なあいだは、それが今日か、一時間後か、たった今かという実感はない。慎二も、この齢になってもなんの持病もないのだから、死ぬまでにはまだ少し間があるだろうと考えていた。仮に今余命いくばくと宣告されても、何日か何か月かの猶予があれば心の準備が出来ると思っていた。それが突然、死が眼前に現れてみると、そんな自負なんか、ものの役にもたたないことを思い知らされた。

慎二は次第に焦ってきた。どんなにゆっくり深呼吸しても心臓は頑として落ち着いてくれない。

仰向けになったり、右を下にして横になったり、反対に左を下にしたり、彼が何度も寝返りをうっていると、

「どうかしたの？」

彩子が半分寝惚けたような声を掛けてきた。彼女を起こすまいと気を遣ったつもりなのだが、矢張り起こしてしまった。

「うん、ちょっと心臓がどくんどくんとするんだ」

慎二は平静を装ってさりげなく応えた。

「えー」

彩子はがばと掛け布団をはねのけて電燈を点けると、

「救急車を呼ばなくちゃー」

彼女は掛け布団をそのままに、パジャマを脱ぎ始めた。

「いや、それには及ばないだろう。もう少し様子をみてからでいいと思うよ。ちょっと脈をとってごらん」

慎二は布団の上に腕を差し出した。彩子は外しかけたパジャマのボタンもそのままに、にじり寄ってその手を取った。

「ひどい脈。やっぱり救急車を呼ばなくちゃ。手遅れになったらいけないわ」

「そんなに慌てることはないと思うよ。もう三十分ほども同じ調子だから――」

「のんきねえ。それにしても、あんまり喋らない方がいいわよ」

「平気だよ。呼吸は苦しくないから――」

「そう？」

彩子は意外そうに慎二を見詰めて、

「本当に息は苦しくないの？　本当？」

しつこく尋ねてきた。

「ああ、ただびくびくするから、気持ちが悪いだけだ」

「胸はどう？　胸は痛くない？」

彼女は慎二の顔を真上から見下ろした。

「息苦しくとも、痛くともないよ」

彼は彩子の顔を見上げた。蒼白く強ばっていた彼女の顔がいくらか緩んできている。

「胸が痛くないのなら、心筋梗塞じゃないかもしれないわね。わたしのお父さんが心筋梗塞をした時、胸が締め付けられるみたいに痛いって、冷や汗をかいてたもの」

「だから大丈夫だって言ったろう？」

慎二は彼女から手を引っ込めた。

「そんな恰好では風邪をひくよ。心配ないから、もう寝なさい」

彼は話し疲れたというように目を閉じた。彩子はそれでも気になるのかしばらく慎二を見守っていたが、やがてパジャマを着直し電燈を消して布団に入った。

目は閉じたものの、慎二は頭の芯が冴えて眠れない。このまま二度と目が開かないのではないだろうか。そう思うと、目を瞑るのが怖ろしい。といって目を開けていれば、まだ曙光も射さない部屋の暗さの中に、天井のあたりで死神が蠢いているような気がする。なにか他のことを考えた方がいい、そう言い聞かせて頭を働かそうと努めるのだが、獲物を狙う禿鷹のように天井から見下ろしている死神が彼をしっかり摑んで離さない。どのくらいそうしていただろう。ふと、手首がまさぐられるのを感じてはっとした。彩子が彼の脈をみているのだ。

慎二が小学校二年生の時、扁桃腺を腫らして四十度近い熱を出したことがあった。戦前のことでまだ抗生物質などあるわけがない。氷屋で買ってきた氷を砕いて、母親が氷枕を作り氷嚢で冷やしてくれた。それまで熱を出したことのなかった慎二は、身体中が熱に溶けてそのまま消えてなくなるような不安に怯えていた。

「心配しなくていいわよ、すぐ良くなるからね」

母親は彼の布団の中に入ると、慎二の手を自分の両手で包んでくれた。その手は氷を掻いたせいか冷たかった。だがやがて慎二の熱が移って次第に温かくなっていく。彼は母親に手をとられたまま彼女の胸に顔を埋めた。柔らかい胸は温かかった。ずっと忘れていた乳のにおいさえする。そうしているうちに、身体が今にも溶けていきそうであった怖れは消えて、もう世の中になんの不安もなくなっていった。

慎二の記憶に今、その七十数年も前の満ち足りた安心感が蘇ってきた。彼の脈を測っている彩子の温かい手に、あの時の母親の手のぬくもりを感じる。慎二は彼女に手を預けたまま、眠っている振りをしていた。

翌朝目を覚ましたのは、もう八時過ぎであった。眠れないと思いながら、あれからぐっすり眠ったらしい。

起きて着替えていると、

「心臓はどう？」

半分開けた襖の間から彩子が顔を覗かせた。夏ならともかく、襖や障子を開けっ放しにしておくのが嫌いな彼女にしてはめずらしいと思っていたが、時々慎二の様子を見るために開けてあったのだろう。

「べつに変わりはないよ。同じだ」

「よかった。もう時間だから、すぐお医者さんに行かなくちゃ――」

「腹が減ってるんだ。ご飯を食べてからにする」

口だけ洗って食堂に来た慎二は、テーブルに食事の用意がしてないのを見てびっくりした。いつもはすぐ食べられるように並べてあるのに、湯飲み一つ置いてない。

「君は、朝ご飯はまだ食べてないの？」

怪訝に思って聞いてみた。

「わたしは、もうとっくに済ませましたよ」

彩子は当たり前のような顔をして言葉を続けた。

「朝ご飯は帰ってからにした方がいいわよ。もしなにか検査することになれば、空腹の時がいいと思うもの」

「それもそうだな。じゃ、鬚だけ剃ろう」

「鬚なんか、どうだっていいじゃありませんか」

彩子は決めつけるように言ってから、

「お見合いをするわけでもあるまいし――」

からかうようにくすっと笑った。

「それもそうだ」

鬚が伸びかけた顎を撫でながら慎二は呟いた。今までの彼なら、言われれば天邪鬼になって無理にも鬚を剃るところだが、今日はおとなしく言うことに従った。

「あそこの玄関は八時半に開くんでしょ？　いつも混んで待たされるから、早く行かなくちゃ」

彩子に急かされ、慎二が支度を終えて玄関に来ると、彼女は彼のブルソンを持って待っていた。

「外は風が冷たいかもしれないから、着ていった方がいいわよ」

「すぐそこだから、要らないよ。これだけで温かい」

「暑くなれば脱げばいいけど、寒ければ困るわよ。この上、風邪をひいたら大変じゃないの」

言いながら彩子も慌ただしく靴を履きはじめた。

「出掛けるのか？　こんな早くから――」

「わたしも一緒に行くのよ」

当然だと言いたげな語調だ。

「来なくていいよ。子供じゃあるまいし」

「だって、もしこのまま入院ってことになったら、一緒にいた方がいいんじゃないの？　それに、家族に話すこともあるかもしれない」

「そんな大袈裟なものでもない。もし、そうなったら用意しに帰って来るまでだよ。すぐそこなんだから――」

「それもそうね」

彩子は素直に靴を脱いだ。今日は彼女も逆らわない。彩子が肩に掛けてくれるブルソンを着て、彼はそそくさと出て行った。

雲の多い空だ。重なり合うように群がる厚い雲が頭上を覆って、まだ陽に暖められない朝の空気がひんやりと頬をかすめる。慎二は思わずブルソンの衿を立てた。

不整脈は相変わらず続いている。だが夜中から同じ状態だから切迫した恐怖感は薄れていた。

通りを二本隔てたこの医院は、風邪をひいた時とか、一年に一度の健康診断の時に来る、掛かりつけであった。慎二がここに越してきたのと同じ頃に開院したから、それ以来、家族の誰かが具合が悪くなると世話になってきた。今は代替わりをして、息子が院長になっている。先代は痩せ形の生真面目すぎるぐらいの人であったが、今の院長は太った磊落な感じの人で、どことなく風貌が友人の河辺に似ている。そのためもあって、慎二は気安くなんでも相談していた。

玄関を入るとそのまま待合室になっている。そこにはもう数人の患者が待っていた。みな老人ばかりだ。

ここはいつ来ても変わっていない。受付の窓の横に置かれた鉢植えの観葉植物、老人健診やワクチンなどの説明を書いた紙を貼った掲示板、その反対側の壁に掛けてあるドガの踊り子の小さな複製画、それらはこの医院に初めて来てから、もう何十年となく見慣れたものだ。

受付けを済ませて椅子に坐ろうとすると、

「すっかり涼しくなりましたなあ」

先に待っている老人が馴れ馴れしく声を掛けてきた。散歩などで時々見かける近くの人だ。

「そうですね」

慎二も挨拶を返しながら、すかさずバッグから文庫本を取り出した。これは効果的な撃退法だ。果たして相手はそれ以上話し掛けもせず、居心地悪そうに背を丸めた。

注意力が心臓に集中しているから、字を読んでいても意味は頭に入ってこない。といって今更顔を上げるのも間が悪い。慎二は本を読んでいる振りをしながら時々横目で周りの気配をうかがっていた。

先程の老人はポケットからハンカチを取り出して畳み直してみたり、手提げ袋から薬の名前を書いた手帳を出してみたりして、どうも所在なさそうだ。隅に坐っている二人の老女は思い出したように言葉を交わしているが、すぐに話の接ぎ穂がなくなるらしくまた黙りこんでしまう。その横ではかなりの年配の老人が、場所を塞いでいるのが申し訳ないとでも言いたげに小さくなって、なにを考えているのか虚ろな眼差しを宙に投げかけている。その存在感の薄れた様子に、慎二はふと父親のことを思い出した。

父親はよく肥えて明かるい性格であった。あまり物事に拘らず、母親の言いなりになっているところがあった。ところが退職してしばらくすると、気難しく怒りっぽい人間になっていった。些細なことで母親に文句を言ったり、同居している兄夫婦に口もきかない時もあるらしい。

「長い間の勤めから解放されたんだから、あとは自分の趣味を楽しんで生きればいいじゃないですか」

ある日、実家に帰った慎二が兄に頼まれてそう言ったところ、父親はじろりと見返しただけでそっぽをむいてしまった。

勤務という荷がおりてしまうと、肩の重みがなくなったと同時に身体を支える重心まで軽くなって安定感が失われるものだろうか。男性は二本の足と勤めという杖の三本で生きている動物なのかもしれない。だから二本の足だけになった時、生きる平衡が保てなくなるのだ。

これではスフィンクスの謎は解けない。男性には働き盛りの時と老齢の時と、種類の違う二本の杖が必要らしい。自分を支えてきた頑丈な杖を失い、何をしていいのか分からない重力のない生活の中で、死だけが一日一日と重量感を増していく。その不安と寂寥感は、小指一本で後ろから押されたらそのまま深い淵に飛び込んでしまいかねないほどのものなのだろう。

慎二はその時の父親の、周囲を拒絶する頑なな態度と自分の言葉の一字一句を思い出して顔を赤らめた。父親は役人という仕事だけに生きた無趣味な人間であった。そして同じ無趣味な自分も、これといった生き甲斐を見付けることも出来ず苛々とその日を送っている。最近は父親を思い出すこともほとんどなかったのに、今日は不思議なほど鮮やかに蘇ってくる。

あの頃の父親の淋しさがよく分かる。もう少し話し相手になってあげればよかった、慎二は胸のあたりが重い痛みに疼くのを感じた。

待合室は混んできた。登校前らしい男の子は壁に寄り掛かって立っている。やがて診察が始まった。

その時、不意に動悸が緩やかになったかと思うと、ぴたりと心臓の動きが平常に戻った。呆気にとられるほど速やかな変化だ。あれほど執拗に彼を苦しめた不整脈はどうなったのだろう。まるでなにかに化かされたような気分だ。こんなに簡単に治るのならもう少し待っていればよかった。このまま帰ろうかとも考えた。しかし原因も分からぬままでは不安だし、折角来たのだからと思い直してそのまま待っていた。

ようやく名前を呼ばれた慎二は、坐り疲れた腰を上げて診察室に入った。

医者は息子ほどの齢だが気さくな人で、なにより親身になって話を聞いてくれるのが有難かった。

夜中からの話をすると、医者は血圧を測り脈をみてから心電図をとってくれた。

「まったく正常ですね。ちょっと待ってください。この前とった心電図と比べてみましょう」

医者は気軽に立ち上がると、保管されている心電図を持ってきて見比べた。それは二か月前の健康診断の時のものだ。

「ちょっと脈が早いというだけで、変わりはないですよ。なにか、心配事でもありましたか？　それとも睡眠不足とか疲れすぎとか――」

「いや、なにも思い当たりません。それにしても、ついさっきまでびくびくしていたんですがね」

慎二には穏やかになった自分の心臓が解せなかった。

「多分、期外収縮でしょう。心房細動や心室細動だったなら、消えるわけはありません。心電図に現れますよ。もし心室細動だったら、なんの予告もなく現れることは少ないですし、大体前駆状態があります。もっとも心室性期外収縮は心室細動の前駆症状の場合もありますが、もし今回のが心室細動だったら、今頃はお葬式の支度をしているかもしれませんね」

医者は悪戯っぽく唇だけで笑った。

「――」

医者のくせに下手な冗談だと呆れながら、こんな軽口が叩けるほどのものであったのだと、慎二は安心した。

レントゲンをとり、念のためと言ってホルター心電計を付けてもらった。採血はしなかった。

医院を出た途端、慎二の腹がぐうっと鳴った。それまで空腹を忘れていたのに、足がよろめきそうだ。

雲は相変わらず厚く重なり合い、風が冷たい。彼はズボンのポケットに入れた電池を上から押さえながら、軽やかな足取りで家に帰った。

玄関に入ると、

「どうでした？」

彩子がとんで来た。

「大したことないって。ただ念のためって、ホルター心電計をつけてもらったよ」

「そう。よかったわ。でもそんなものを付けてるんなら、静かに寝てなきゃいけないわね」

「寝てたのでは駄目だよ。いつもの生活をしてなければホルターの意味がない。それより飯だ。腹が減って死にそうなんだから――」

「はいはい、すぐ食べられるように用意はしてありますよ。あなたの好きなお煮付けもおひたしも作ったし、あとは鰺の開きを焼くだけ」

彩子は身も軽々と台所に行った。

（よかった。今日はまともな食事らしい）

手洗いを済ませるなり、慎二は早速食べ始めた。採血をしなかったことは黙っていた。食べながらふと、

「今日は、出掛ける日じゃなかったのかい？」

思い出して尋ねた。

「ええそうだけど、カルチャー教室だからわざわざ断らなくてもいいのよ。それにしても、入院なんてことにならなくてよかった」

彩子は安心したように晴れ晴れと笑った。

その夜は寝るのが少々面倒であった。彩子が腫れものに触るようにおそるおそる下着を脱がしてくれる。

「そんなに用心深くしなくても、簡単には取れないよ」

「だって、取れたら困るじゃないの」

彼女の真剣な様子に、慎二は笑いながらされるままに任せていた。

どうやっても寝つきはよくない。心電計が気になっていつものように無造作に寝返りも出来ないし、パジャマのポケットに入れた電池が腹のあたりに当たる。とろとろとしてはすぐ目が覚めてしまう。だが目が覚めていると思っているが、もしかしたらそれは夢の中でそう感じているだけかもしれない。眠っているのか覚めているのか、次第に自分でも分からなくなっていった。

この齢になるまで歯以外は部品交換しないできたのだから、少しくらい身体に故障がおきるのは当たり前だとは思うものの、こういう計器を付けて寝るはめになるとは思いもよらなかった。それでも彩子が横で寝るのを知らなかったのだから、ぐっすり眠ったのだろう。

（五）

ホルター心電図の解析の結果、異常がないと言われた慎二は、その夜友人の河辺に電話をした。

慎二が一部始終を話し終わると、

「そりゃ君、ストレスじゃないか」

河辺はこともなげに言い返した。

「ああ、診てくれた先生もそう言っていたけど、ストレスが溜まるような生活はしていないよ。毎日晴耕雨読でのんびりしたものだから――」

「だからストレスが溜まるんだよ。晴耕雨読はいいけど、なにか耕して生産してるのかい？例えば葱の一本でも育てているとか――。君は前にも毎日草むしりをしているんだって言っていたけど、君の晴耕はただの草むしりだけじゃないのかい？　そんな生活には生産性も創造性もない。人間は本性としてなにかを生産するように出来ているんだ。それは葱一本とは限らない。詩歌だって絵画だって創造的生産だ。葱を作るのだって、それに合った土地の改良とか肥料とか、なにより愛情が必要だ。抜き取る雑草を愛する人もいないだろう？」

「草むしりだけじゃなく、本だって読んでいるよ」

慎二はむきになって言い返した。河辺と話しているといつの間にか少年に返ってしまう。

「読書かー。読書も悪くない。だが君の読むのは現代の小説だろう？　そんな本は消耗品だ。ただそうかと読み捨てるだけで自分で考えることはない。そんな読書は頭を使わないから、精神には意味がないよ。だがテレビが一番悪い。テレビは読書より一方通行で個性を失わせるからね。君はのんびり過ごしていると言うけど、それで今の生活に満足してるのかい？」

「いや、満足してないね。このままではいけない、なにかしなければと、いつも考えてる」

「それみろ、だから不整脈が出るんだよ。欲求不満なんだよ」

「そりゃ、このままでは駄目だとは思ってるけど、自分ではそれほど欲求不満とは考えてないけどなあ」

「なにかしなければと思いながら見付けられないということ自体、欲求不満なんだよ。欲求不満は、当人には無意識の場合もある」

河辺は決めつけるように言葉を続けた。

「ストレスは、それが嵩じると心臓ばかりか色んな病気をひきおこす元だ。君は仕事一途の真面目な人間だった。それは君のいいところなんだけど、真面目過ぎたから、仕事を離れるとそれ以外の生き方が考えられないんだ。つまり融通がきかないんだよ。会社を辞めた途端、それまでの君のエネルギーはどこにも発散させようがないんだ。草むしりぐらいじゃ、生来持っている君の旺盛な活動力はとても消費出来ない。溜まりに溜まった力は捌け口がなくて内向する。そのうち、本当の病気になってしまうよ」

河辺は溜息まじりに口を噤んだ。

「そんなこと、今まで一度も言ったことなかったじゃないか」

慎二は電話の前で口を尖らせた。

「自分の生活改善は当人が自発的に考えることだ。人に言われて初めて気が付くなんて齢じゃあるまい。言われなければ分からんなんて、そりゃ子供のことだよ。こんな説教じみたことを言うのは君に対する侮辱だと思って、今まで黙ってたけど、不整脈が出るようになっては心配だ。いつまでも元気で長生きしてほしいから、苦言を呈するんだよ」

河辺はなにかを抑えるようにぽつんと言葉を切った。いつもは駄洒落を言ってからかう彼の、このひたむきとも言える真摯な語調に慎二は胸が熱くなった。やっぱり長年の友達だ、彼は素直に頷いた。

「ありがとう。今の生活を改めなければいけないと思いながら出来ないなんて、僕はどうも生まれつき不器用なんだなあ。それにしても、正直言って不整脈が出た時は慌てたねえ。医学的なことは分からないから、このまま死ぬのかと思った。だが頭はしっかりしてるから、刻々死んでいくのをはっきり感じていなければならない。あれは死そのものより恐ろしいものだよ。焼き場の釜の中で火を付けられるまで意識が消えないんじゃないかってね。その時思ったね、死ぬ時はなんにも知らないまま死なせてもらいたいって――」

「そりゃ人間、誰でもそう願ってるもんだよ。知らないうちにあの世に行けば、楽だもんな。そうそう、中には変わった人もいるよ。僕のところに来ていた患者さんだがね。もう九十は過ぎた老人だ」

河辺はいつもの瓢々とした口調に戻って言った。

「自分が死んだら、確実に死んだと分からなければ死亡診断書は書かないでくれって言うんだ。こんなこと当たり前なんだけど、うちへ来るたびに同じことを言うんだよ。死ぬのは仕方がない。だけど火葬場で火を付けられた途端、息を吹き返してアチッと叫んでも、もうどうしようもない。それが怖ろしいって、しつこく念を押して帰るんだけど、次に来た時もまた同じことを頼むんだ」

河辺が電話の向こうで苦笑しているらしい。

「それで、その老人はどうなったんだい?」

聞いている慎二は、その老人の不安がよく分かる。

「ある日、クモ膜下出血をおこして、救急車で入院してしまった。家族の話では、意識が戻らないまま息を引き取ったらしい」

「じゃあ君は、死亡診断書を書かなくてよかったんだ」

「ああ、よかったよ。もっとよかったのは、火葬場が混んでて、遺体を三日も置いておかなければならなかったから、完全に死後硬直で、絶対に生き返る恐れがなかったことだ」

「ふーん」

慎二にはそれがよかったのか悪かったのか分からない。ただその老人が火の廻る釜の中でアチッと叫ばないで済んだことだけはよかったと思った。

「それはそうと、今年の同期会の通知はもう受け取ったろう？　今年は必ず出て来いよ。昨年も一昨年も出て来なかったじゃないか。君とだって、最近は電話だけで去年の暮れから会ってないんだよ。誘ってもなんだかんだと言い訳ばかりして——。もうこの齢になると、前年は元気で出て来たくせに、もうさっさと三途の川を渡ってしまうのもいるし、この世に残ってても歩くのが不自由になって出席出来ないのもいる。もっとも、肩書きがなくなった途端、出て来ない人間もいるけどね」

「それって、僕への当てこすりかい？」

「そう僻むなよ」

河辺が声を出して笑った。

「それが、老人の僻みってもんだ」

「僻むわけじゃないけど、正直言って肩書きがないのは肩のあたりがうそ寒いと言うか、なんとなく自分に力が入らないもんだ。君みたいに生涯、医学博士の肩書きのある人には分からんだろう」

慎二は語調を強めて言い返した。他人には言えないことでも、河辺だけには言いたいことが言える

「君だって、一級建築士という肩書きは一生付いてまわるじゃないか」

「そんなもの、会社を辞めてしまえば意味がないよ」

「それなら僕の肩書きだって似たようなもんだ」

河辺がすかさず言い返した。

「前にも話したように、昨年の春から息子に院長を譲って、僕は週二日だけ診療してる。俳句の会は続けてるけど、医師会の役はもう断った。最近は医学博士の肩書きの付いた名刺はほとんど使わないね。大体、肩書きでその人の値打ちが分かるもんじゃない」

河辺は咳払いをして口調を改めた。

「もっと気持ちを大きく持つことだよ。心を開いて人と語り合うのは精神衛生上いいことだ。それに昔からの仲間には気がおけないからね。青春を共有した仲間が少なくなっていくのは淋しいことだ。懐古趣味かもしれないけど、青春の仲間はいい。同期会にはきっと出て来いよ。みんな君に会いたがってるんだから――」

「ああ、今年は出る積りだ。まだ出欠の返事は出してないけど、必ず行く」

慎二ははっきりと約束した。

同期会は都心の小さな料理屋で行なわれた。久し振りに出席した慎二はなんとなく敷居が高いような気がして、部屋の外で立ち止まると中を覗いて見た。出席者が少ないと河辺が言っていたが、開会にはまだ時間があるのにすでに十人ほど集まっている。河辺の姿はなかった。皆は思い思いに輪を作って話し合っている。慎二はそれを見届けてから落ち着いた様子で会費を払い中に入った。

「よう、山崎、生きてたのかー」

目聡く慎二を見付けた友人の一人が、声を掛けながら近寄って来た。

「ああ、お蔭さまで生きてたよ。君も変わりはなかったかい？」

慎二は明かるい口調で応えたものの、友人の変わりようにあとの言葉が出てこなかった。口の悪いのはこの友人の昔からの癖だが、この数年会わなかった間になんと変わったことだろう。高校の時はラグビーの選手をしていて、筋肉隆々としたたくましい男であった。それが一回りも二回りも痩せて、昔を知るだけに心細げに見える。肉の落ちた喉仏はその分皮膚がたるみ、ものを言うたびに揺れているのが痛ましい。慎二は、自分も同じように見られているのだろうと思うと、相手と視線を合わすのも辛くなる。

「今、どうしてるんだ？」

友人はまったく屈託なげに慎二の顔を覗き込んだ。

「無為徒食の毎日さ。君は？」

「無為徒食は、お互いさまだよ」

友人は磊落に笑った。声だけは昔と変わらず豪放だ。慎二は思わず目を逸らせた。と、その笑い声に、

「よう、久し振りだなあ」

「よく来てくれたねえ」

皆が二人を取り囲んでくれた。

数年というのは、八十を過ぎた人間にとっては時間が加速度的に早くなるものだ。この前会った時にはそれほどとは感じなかったのに、どの顔も皺が深くなっている。血色のいいのも悪いのも、これまでの人生の長さが刻み付けられて、ああ、お互いよくぞ生きてきたものだと感慨が深くなる。

そこへ河辺がやって来た。彼は慎二に笑いながら軽く目配せすると、話の輪には入らずテーブルの向こうに腰掛けた。

皆が話をするたびに、慎二の視線はあちらの顔からこちらの顔へとせわしなく動き回る。そのうち、友人達の顔から皺が消えて、その背後からかつての青春の瑞々しい面影が蘇って

きた。数年の空白はすっかり消え失せた。

やがて時間がきて同期会が始まった。

乾杯のあと、一人一人が近況報告をし終わった時、

「君、その後、腰痛はどうなった？」

慎二の隣に坐っている友人に、河辺がテーブル越しに声を掛けてきた。

「ああ、ありがとう。ひどくはならないけど、良くもならないねえ。これは職業病なんだね。大体、教師というものは立っている生活が多いから、仲間はほとんど腰痛にかかってるよ」

元教師は諦めたように淡々と応えた。

「腰痛は教師だけに限らないよ。そもそも人類が二足歩行を始めてからの、何百万年にわたる宿命的な痛みさ。僕だって腰痛にかかってるよ」

河辺は慰め顔に話を続けた。

「どんな気まぐれをおこしたのか知らんけど、それまでの、より安全な樹上生活を捨てて、獰猛な四足動物のいる地上に降りるなんて冒険をやってくれたお蔭さ。最初に地上に降りた人間は冒険心と好奇心からだったにしろ、それが出来るほど、すでに大脳はいくらか猿より進化していたんだろうと思う。これはベルクソンに言わせればエラン・ヴィタルだ」

河辺は自分の言葉に可笑しそうに笑ったが、すぐ真顔に戻って、

「身体を直立させて歩行するのは、不安定な姿勢なんだ。一般の動物の体幹というのは普通はほぼ水平だし、内臓は前後に並んでいるが、二本足で立った人類の内臓は上下に重なっている。それに、四足動物の四本の足は地面に均等に重力をかけるのに、人類は直立で、体重は二本の足だけにかかってる。この不安定を補うために、骨盤は幅広く強くなったし、足底を全部地面に付けて歩くようになったけど、それで安定出来るもんじゃない。この無理な姿勢が、腰痛ばかりか遊走腎や眩暈や痔疾や胃下垂のような構造的疾患を生んだんだよ。人類が何百万年も背負ってきたものだ」

河辺は一休みと言いたげに言葉を切った。皆はそれぞれの話を止めて彼に聞き入っている。この構造的疾患のどれかは彼等の身に覚えがあるらしい。

「困ったのは造化の神だ。人類が四足動物とは異なる生活様式を始めようとは、神のプログラムにはなかったんじゃないかな。人類が腰痛に悩まされるとは予想もしていなかったから、進化の過程でそれに対応出来るような仕組みをほどこしていなかった。だが獲得された形質は遺伝する。人類の創造的進化に追いつけなくて、神は打つ手もなく諦めた」

「神はそんな人類は諦めて、腰痛のおこらないもっと立派な種を創ればよかったじゃないか――」

テーブルの端から、一人が茶化すように口を挟んだ。真面目かと思うと話がとんでもないところにとんでいく河辺のいつもの癖に、一座は軽い笑いに包まれた。

「そりゃ考えなかったわけではないだろうけど、きっと神は、新しい種のデザインが思い付かなかったんだよ。地球に色んな生物を創りだして、もう種切れになったんじゃないかな。それとも面倒臭くなったたか、また人類のように神に反逆するような種を創って失敗を繰り返すかもしれないと心配したのか、いずれにしても、進化のままに任せておいたんだろう」

河辺は真面目くさった様子だ。こういう話は彼の独壇場だ。もう誰も口を挟まない。

「腰痛は人類何百万年もの遺産だ。コルセットでも付けて我慢することだね」

「でも、あとまた何百万年かしたら、人類は重力に堪える身体を獲得するかもしれないよ」

慎二は急に河辺の話の腰を折りたくなって口を出した。

「そりゃ無理だよ」

河辺は慎二の方に向き直った。

「人類はそんなに長く生存出来ないね。人類が狩猟採集から農耕牧畜の生活に変わってから、ずっと地球を破壊し続けてきたからね。五千年ほど前には、サハラ砂漠は鬱蒼とした樹木に覆われて、見渡す限り青々とした草原だったらしい。それが現在はご覧の通りだ。もちろん気候の変動もあるけど、人類が放牧のために木を伐採し、草原を農耕に適するように変えてしまったせいだよ。これはサハラ砂漠だけに限らない。そのうち地球の隅々まで人間の手が入って、自然の生態系は乱されるだろう」

河辺はビールのせいか赤くなった顔をハンカチで拭いた。彼の語調は次第に熱が入ってくる。

「自然破壊だけが人類の滅亡を招くんじゃないよ。現代人の内臓が北京原人やネアンデルタール人に比べて退化してるらしいのは、自然が四季それぞれに与えてくれる食べ物より、自分の嗜好に合わせた人工的な食べ物のせいかもしれないよ。それだけじゃない。昔は生存に適さない子供は生き長らえることが出来なかったけど、今は科学の進歩によって、多くの不完全な個体を生存させて自然淘汰の作用を攪乱してる。やがて人類は決定的な絶滅におちいるだろう。あと何百万年とは要しないよ」

「ずいぶん気の遠くなるような話になってきた」

河辺の隣にいる男が、飲み干したビールのコップをことんと音をたててテーブルに置きながら笑った。

「気が遠くなるなんて、地球が誕生したのは四十六億年前だ。それに比べれば何百万年なんて、昨日のことだよ」

河辺はこともなげに言い返した。

「まあ僕達が生きてる間は地球はもってくれるだろうし、その間は腰痛も治らないと諦めるしかないね。神はその間は拱手傍観してるだろう。そうそう、神と言えば――」

河辺は身をのり出すと口調を変えた。

「人類が二本足で歩いたのは、これは神への反逆だったんじゃないかなあ。もしかすると人間は、生来反逆するように出来てるのかもしれない。神も迂闊だったよなあ。聖書のアダムとイヴの話、あれは蛇に唆されたとはいえ、神に反逆して禁断の木の実を食べたんだ。蛇は知性の象徴の積りだろうけど、そうだとすると、知性とか理性とかいうものは神の創造じゃないことになる。まあそれはどうでもいいけど、直立歩行と禁断の木の実を食べたアダムとイヴの話は、反逆という人間の宿命に共通するものがあると考えられないかい？　旧約聖書の話は、遠い遠い祖先の記憶に対する寓意があるんだ」

河辺は悪戯っぽく首を竦めた。

「じつに奔放な想像力というか、すごい仮説だ」

それまで黙って聞いていた元教師が控えめな口調で呟いた。

「仮説は大事だよ。文明の進歩の基にあるのは仮説だ。ニュートンだって、仮説をたてたのだと思うよ」

「それも仮説かい？」

元教師は手酌でビールをつぎながら笑った。

「仮説だって、そんなことはどうでもいいよ。僕にだけ喋らせないで、自分のことも言ってくれよ。さっき近況報告で言ってたけど、君はご婦人方に歴史を講義してるんだって？　なにをやってるんだ？」

河辺はテーブルに肘を付いて相手の顔を覗き込んだ。

「ああ、頼まれればどこにでも行くよ。今は町内会館で週一回、日本史の講義をしてる」

「日本史を？　君の専攻は世界史じゃなかったのか？」

慎二は横から口を挟んだ。

「そうなんだよ。本当は世界史をやりたかったんだけど、町内会の婦人連中が、世界史はとっつき難いから日本史にしてほしいって言うんだ。まあ日本史も世界史の一部だから、お付き合いでやってるけど、女というものは、記述されたものが歴史だと思ってるんだな。単に事実の膨大な集合体の中で、いつどこで何があったか記憶に入れさえしたら、それで歴史の勉強をしたと満足してる。なにがあったかではなくて、なぜあったか、それがどんな影響をおよぼしたかは考えない。それに、歴史の本というものは、しばしば歴史家の先入観で書かれてるということにも気が付かないことが多い」

元教師はぐっと胸を張って語調を改めた。どうも婦人連中を持て余しているのではないかと勘繰りたくなる。

「日本史だって世界の中で、つまり世界史の中で位置づけるものだ。そういう考えをちょくちょく話して、世界史をやる下地を作っておいてるんだよ。日本史が終わったら、次はランケの『世界史概観』をしようと思ってる。この本は歴史の古典だし、文庫本で手頃だからね」

友人は目を輝かせて身をのり出した。

「ヘーゲルは世界史を世界精神の実現と言っている。そのヘーゲルの歴史観の根底には、普遍的とは言えない彼の哲学の考え方があって狭隘だと、ランケは批判してるんだ。ランケはヘーゲルみたいに世界精神の実現なんて、初めに体系を据えるのには反対で、その時代それぞれの個別の研究や考察から出発すべきだと言ってる。だけどそのランケにしたって、古代オリエントからギリシャ・ローマ、それからゲルマン的諸国家に至る、ヨーロッパの政治的発展に偏っていて、その社会的構造の分析は弱い。直線コースで世界史をとらえてるから、アジアに対しても前史時代みたいな偏見を持ってる。それに、民衆の破壊的な傾向を除去するために君主制が必要だなんてことまで言ってるんだ」

学者めいた風貌でいつも物静かな友人の、生き生きと頬を紅潮させた様子に、慎二は別人を見る思いで見入った。心なしか、身体まで膨らんで大きくなった気がする。

「思想は時代を超越すべからずだよ。思想は時代精神に拘束されるんだ。それを現代の我々から見て、ヨーロッパ中心の偏見と片付けちゃランケに気の毒だろう。それより彼の客観的歴史叙述を重んじる歴史主義を学ぶ方が必要だと思う。人間は、人間の歴史に不断に新しい形で適応していかなければならないものだと思ってるから、それぞれ個人は自分なりに考えて評価して、自分の歴史を創っていかなければいけない。先人の考えに盲従してちゃ駄目だ。カーライルやディケンスなんかは、ロベスピエールを、ライバルを次々とギロチンにおくった冷酷な独裁者とみなしたけど、反対にマティエは、共和主義者としてロベスピエールの名誉を回復した」

元教師はふと顔を赤らめて口を噤んだ。

「君は普段は口数の少ないおとなしい人なのに、こと歴史となると、実に情熱的で雄弁になるね」

河辺は感嘆したように相手の顔を見詰めた。

「いや、君の情熱的な仮説には及ばないよ」

元教師はにやっと笑って首を竦めた。一座にどっと明かるい笑いが湧きおこった。

笑いがおさまった時、テーブルの一番隅で黙々とビールを飲み料理をほおばり続けて皆の話を聞いていた一人の友人が、立ち上がって河辺のそばに寄って来た。

「また出したよ。読んでくれるかい？」

友人は一冊の薄い雑誌を河辺のテーブルに置いた。

「おお、出来たね。この前の政治批判は切れ味が鋭くてよかったねえ。さすがだと感心したよ」

河辺は雑誌を取り上げてぱらぱらとページをめくった。

「ああ、ありがとう。でも所詮、蟷螂の斧だよ」

友人ははにかんだように唇の端で笑った。

「蟷螂の斧だっていいじゃないか。そんな斧さえ持たない日本人が多くなった」

「そうだよなあ」

友人は、予備の積りで置いてあるのか壁の際にある椅子を引き寄せて、河辺のそばに坐った。

「雑誌に寄稿してるのかい？」

慎二は友人の顔と雑誌を見比べて、思わず口を挟んだ。今まで河辺と元教師とのやりとりを、全く自分とは異なる世界の出来事のように呆然と聞いていたのに、また新たに思い掛けない話が展開しようとしているのだ。

「寄稿なんて、そんな晴れがましいもんじゃないよ。ただの同人雑誌だよ」

友人は照れたように肩を窄めた。

「学生時代に仲間と同人雑誌を作ってたんだけど、卒業してから、なんとなくそのまま立ち消えになってしまってたんだ。もちろんそれからも仲間とは会うことはあったんだけど、お互い仕事が忙しくてね。それが古希を過ぎてから、誰が言い出したということもなく、もう一度昔にかえって同人雑誌を作ろうってことになって、これでやっと十冊目だよ」

「この齢でよく続くよ。雑誌を出すのだけでも大変なのに、十冊目だとは、カストリ雑誌にはならないね」

河辺の語調には皮肉は感じられないばかりか、心から共感する真情が感じられる。

「なんだい、カストリ雑誌なんて――」

慎二は河辺に視線を移した。

「知らないのかい？　カストリは三合飲んだら酔い潰れるから、三号出したら潰れる雑誌をカストリ雑誌って言うんだよ。君も読んでやれよ。いい評論を書くよ。こんな時代に骨のある作品に出合うのは胸がすっとするね」

「嬉しいね。共感してくれる人が一人でもいるのは、正直言って励みになるよ。君も読んでくれるんなら、今手元にはこれしかないから、帰ったらすぐ送るよ」

友人は慎二に視線を移して顔をほころばせた。

「ああ、ありがとう。是非、読ませてもらう」

慎二は友人の嬉しそうな表情につられて大きく頷いた。

友人は河辺と並ぶと対照的だ。色白で布袋様のような鷹揚な感じの河辺に比べて、色が黒く痩せぎすだが精悍な風貌が世間の荒波を泳いできたことを物語っている。

「読者は増やしていかなきゃね。この雑誌は僕が読んだら、待合室に置いとくんだよ。誰かが読むかもしれない。まだ日本には骨のある人間がいることを知らせるだけでも、すこしはためになるだろうからね」

河辺は食べ終わった皿を横にのけ、テーブルに肘を付いた。

「ありがたいね。自分の考えを押し付ける積りはないけど、今の世の中を批判する人間がいるってことは知ってもらいたい。大体、日本人はおとなしい。それ自体、悪いことじゃないけど、どうも昔からお上の言うことには逆らわない。これは民族性なのか、歴史の中で培われたものなのか知らんけど、先が思いやられるよ」

友人は溜息まじりに言った。

「そりゃそうだよ」

河辺はすかさず相槌を打った。

「日本人は生活中心主義で、自分の思考基準も行動基準も、全て共同体意識に従う。というか、自分で主体的に考えないところがある。団栗の背比べじゃないけど、団栗みたいに風のままに転がって、行き付く先は風任せってとこだ。つまり村意識に従うってものさ。長いものには巻かれろとか、出る杭は打たれるとか言って、なんでも逆らわずにいるのが安全な生活の知恵だと教える。それに、人間ってものは、どこかに帰属してないと、独りでは不安で立ってられないものらしい。日本人は特にその傾向が強いみたいだ。独立独歩には強い意志がいるからね。そういう日本人の生活感覚は、君はジャーナリストしててその方面には詳しいから、僕なんかよりもっと切実に感じてるだろうね」

「いや、批判精神なんてものは、職業には関係ないと思うよ。医療だって、その制度は政府が作る。社会の隅々まで政治に関係しないものはないじゃないか。その政治が良いか悪いか、政治家が本当に政治理念を持って国民のための政治をやってるかどうか、国民は常に監視してなきゃいけないのに、どうも日本人は権力に弱いね」

元ジャーナリストは椅子をぐいと前に進めた。

「不正に直面しながら沈黙を守ってる人は、自由の喪失を甘んじて受ける人だってラスキは言ったけど、自由の敵の仮面が見破れなくて、結果としてその敵に迎合してしまうようじゃ駄目だ」

「でも、今の若い人なんかは、自分達は自由だと考えてるよ。僕もこれで自分では自由だと思ってるけどなあ」

慎二は友人の断固とした口調にふと反発したくなって、たった今まで考えもしなかったことを洩らしてしまった。

「そこなんだよ」

元ジャーナリストは勢いよく言い返した。

「国民に自分達は自由だと思わせておくのは、施政者の巧みな陥穽なんだ。それに、今言ったように権力に弱いから、ちょっとぐらいのことなら盾突かない。最初から大きな変革をすれば抵抗を受けるけど、少しずつ小出しに国民を慣らしていって、最後にどかんと目的の法案を採決してしまうのさ。気が付いた時は後の祭りだ。だから常に施政者の陥穽を見破っていかなきゃいけない」

目の前に当の敵がいるような語勢だ。

「大体自由なんて、絶対の基準があるわけじゃない。相対的なものさ。人間は生まれ落ちてから、社会的に、生理的に不自由なものだからね。それでも自由は誰にも売り渡せない。もしかすると、こんなに自由に拘るのは僕達の世代だけかもしれないね。僕達は中学一年の時に敗戦を迎えたよな。八月十五日を境にして、それまでの天皇制軍国主義はころりとひっくり返った。世の中が一変したんだ」

「そうだったなあ」

元教師が横合いから話に入ってきた。歴史の話と聞いては黙っていられないらしい。

「まったく嫌な時代だった。神武、綏靖《すいぜい》、安寧と、実在してもいないような天皇の名前を暗記させられて、それが歴史、いやその頃は国史って言ったな、そんな非科学的な教育を真面目に受けていたんだからねえ。でもその当時の僕はなんにも疑わなかった。聖戦だと教えられればそのまま信じていた。小学校では防空演習だと言って、リレーでバケツを運んだよ。母親なんかもんぺ姿で竹槍の訓練さ。本土決戦に備えてだろうけど、B29に対して竹槍だもんね。時代錯誤もいいとこだ。大人は本気でそんなものが役にたつと信じていたんだろうか」

普段は無口な元教師が、さっきの歴史に対する情熱の余韻か、頬を紅潮させている。

「今から思えばナンセンスな話だけど、僕は日本が必ず勝つと信じてたよ。無邪気というか無知というか、教育は恐ろしい」

河辺は言いながら刺身をぽんと口に放りこんだ。いつもは多弁な彼も、さすがに熱っぽい議論に対しては口数が少なくなるらしい。

「僕もそうだよ。その頃は僕も軍国少年で、将来は陸士に行く積りだったんだ。中学に入った時は、上級生は軍需工場に動員されて授業もろくになかったけど、お国のためだと信じて疑わなかったね」

元ジャーナリストは椅子をテーブルの際に寄せて話を続けた。

「だから敗戦と聞いた時は、茫然自失というところだったよ。でも二学期が始まって、食糧難で生活は苦しかったたし一面焼け野原だったけど、学校の中は一変したね。肩で風を切ってた教練の軍人はいない。奉安殿に頭を下げることもなくなった。教師の中には生徒に対して妙に卑屈になったのもいたな。とにかく焼け跡の空が晴れ晴れと明かるくなったんだよ。まるで暗い中に閉じ込められていたのが、急に眩しいばかりの光の中に放り出されたような解放感だ。それまで閉じ込められてるという意識がなかっただけに、この解放感は僕達を呪術のように捉えた。アプレゲールと言われても思い切り自由を満喫したもんだ。でもこの戦後民主主義も、東西の冷戦や朝鮮戦争で終焉してしまった。その頃、『マッカーシー旋風』なんて反共ヒステリーもあったよな。とにかく短い間だったけど、この戦後民主主義の洗礼を受けた僕達は、身をもって自由を体験したんだ。だから自由には、青春への特別の郷愁もあるんだよ」

ふと眼差しを遠くへ向けると、彼は自分だけの物思いに浸るように口を噤んだ。

「戦後民主主義なんて、懐かしい言葉だなあ」

元教師はコップを取り上げたが、中が空なのに気付いたのかそのままテーブルに置いた。

慎二はビールをつごうかどうしようか迷ったものの、身を乗り出している彼に水をさすようで思いとどまった。

「その言葉には僕達の青春の輝きがこめられてるよな。確かに戦後民主主義という言葉は僕達には特別の意味がある。現在使われてるような民主主義とはちょっと違うんだ。この違いは僕達の世代にしか分からないかもしれない。記憶に基づかない想像力がないのと同じに、想像力の一面をすでに内に含んでいないような記憶もないってディルタイは言ってるけど、郷愁からくる記憶の誇張とは言い切れないものだと思うね。もっとも青春の思い出は齢とともに美化されていくというか、甘い感傷が添加されていくのかもしれないけどね」

「そういう美化はまだいい。でも風化はいけない」

元ジャーナリストはすかさず言い返した。

「極東国際軍事裁判で戦犯は処罰された。戦争という国家の行為に、個人がどこまで責任を負うことが出来るか僕には分からないけど、この裁判所条例の規定は事後法だ。事後法で処罰は許されないと思うよ。と言っても、所詮あれは戦勝国の裁判だ。でも日本人は自分達の手で、無謀な侵略戦争のために国民や国家を悲惨な目に会わせた当時の指導者を裁くことはしなかった。死屍に鞭打つこともないけど、戦犯を靖国神社に合祀するなんておかしいよな。それだけじゃない。釈放されたとは言え、A級戦犯容疑者として逮捕されたこともある男を、昭和三二年には早々と首相にしている。日本人は忘れっぽいのか寛容なのか事大主義なのか、臭いものには蓋で、覚えていたくないものは目を背けて風化させる傾向がある。今の政治を見てても、歴史の教訓に学ぶよりも現実迎合の傾向があるよな」

「そんな政府を作ったのも、我々国民だよ」

部屋の隅で抗議とも諦めともつかぬ声がした。

「だから日本人は主体性を、批判精神を持たなければいけないじゃないか――」

元ジャーナリストは声の方に向かって言い返した。それからちょっと息を整えると、ゆっくりした語調になって話を続けた。

「風化は防がなければいけない。僕は最近、この軍事裁判のことも含めて、戦後の庶民の生活をまとめてみようと思い立ってね、資料を集めて今書いてるんだよ。もうこの齢だ。残された時間の中で書きあげられるかどうか覚束ない限りだけど、孫のために残そうとやれるだけはやってみたいんだ」

元ジャーナリストは目を輝かせて胸を張った。

「ああ、えらいねえ。そのぶんではまだまだ大丈夫だよ。書きあげるまでは死なないと自分に言い聞かせるんだね。もっとも人間の寿命は百二十歳まではもつそうだ」

河辺は白眼まで赤くなった顔で相槌を打った。

「出来たら同人誌じゃなくて、単行本で出した方がいいよ。そしたら僕が、宣伝係りと販売係りを引き受けて売り歩くから――」

元教師が大真面目に言いながら空のコップを取り上げた。慎二は黙ってそのコップにビールをついだ。

「じゃあ、僕がその予約第一号だ」

ラグビーの選手をしていた友人がすかさず大声を張り上げた。部屋の中には弾んだ笑いが沸き起こった。

それから話題は、サンフランシスコ対日平和条約から六十年安保闘争、果ては現在の国際情勢まで、あちらに飛びこちらに飛びして活発に交わされた。

慎二はもう友人達の話を半分も聞いていなかった。内容に関心がないのではない。先程から、熱弁をふるう彼等の若々しい様子に圧倒され、まるで白熱の閃光で射抜かれたような衝撃を受けていたのだ。この同期会の連中は河辺は別にして、誰も彼も自分と同様に社会生活から隠退し、衰えた気力にやっと支えられてその日々を無為に過ごしている、老残の人間ばかりだと考えていた。だが現実はそうではなかった。彼等はそれぞれ自分の生き甲斐を持って、一途に生命を燃焼させているではないか。漫然と生きているだけの老残の身は自分一人だけだったのだ。心の底にこびり付いて動きもしなかった鈍重なかたまりが、羨望とも嫉妬とも自嘲ともつかぬものに揺さぶり動かされて、彼は目がくらみそうになるのをじっと耐えていた。これは心理的な眩暈というものだろうか。慎二は皆の話を聞いている振りをして黙々と料理を食べ、手酌でビールを飲みながら、同期会の終わるのを待つしかなかった。

（六）

同期会が終わって外に出ると、飲食店の立ち並ぶ街はすっかり宵闇に包まれていた。だが店々の明かりや街灯に照らされ、道行く人の群れで通りは賑やかだ。週日のこととて帰宅の遅い勤め人が連れ立ってそこここの店に入っていく。

都心の夜には星がない。空は晴れて雲も見えないのに、ネオンサインや店から洩れる明かりが夜空を侵食して、大気は朦朧と霞んでいる。乾いた舗道は埃っぽいにおいをたて、人々の体臭や女性のつけている香水と混じり合う。この雑踏のにおいを発散させながら、都会の夜はこれからが活動の時間だとばかり我が物顔に大手を振っていた。十一月の初旬の夜はまだそれほど寒くはない。

友人達と別れて河辺と二人になった慎二は、やっと人心地がついたような気分になって口がほどけた。

「僕は、老人性の痴呆が始まってるんじゃないかと、今日の会で気が付いたんだよ」

「えー、痴呆症だって？　君のどこが痴呆なんだよ。なにを馬鹿なこと言ってるんだ。そんなこと考えて落ち込んでたのか。道理で今日はろくに喋りもせず、やけにおとなしいと思ってたんだ」

河辺は例によって半分ふざけながら笑い出した。慎二はそんな河辺の表情を見て、いくらか気持ちが軽くなった。心の底では医者の彼からそうではないと言ってもらうのを期待していたのかもしれない。といってこのままそうですかと引き下がるのも恰好がつかない。

「そう笑うなよ。人はこの齢でも歴史の講師をしたり、同人雑誌ばかりか本まで出そうというんだからね。彼等の熱気というか毒気というか、僕とはまったく別の世界の生き物だよ。これで本当に高校生活を一緒に送った仲間なのかと、ただただ瞠目の極みだ。彼等には老衰はない。老衰してるのは僕だけなんだと、改めて思い知らされたのさ」

「それで落ち込んでたのか。馬鹿だなあ。彼等は今までの生活の延長線にいるんだ。エンジンはかけたままだったんだ。一旦エンジンを停めた君の立場とは違うよ。そんなことで滅入ってしまうなんて、愚の骨頂だ」

「そんなにつけつけ言うなよ、人のことだと思って――。痴呆症じゃないかと今気が付いたんだけど、そう考えると、前からそんな症状があったんじゃないかと思うんだ。最近は身の周りのことがどうでもいいくせに、どうかすると大したことでないのが気になって、不安になるし、なんとなく訳もなく憂鬱になったりするし、物忘れもひどくなるしね。僕の従兄弟も認知症だっていうことだ」

慎二は後ろから追い越そうとする若い男に道を譲りながら、話を続けた。

「従兄弟は僕より二つ上なんだよ。ちょっと見たところでは異常は感じないけど、どうかすると可笑しいんだ。僕達は従兄弟会ってのを作って、年に一度食事会をしてるんだけど、あれは一昨年のことだった。皆がそれぞれ自分の好きな料理を注文したら、料理が運ばれてくるたびにこれは自分が注文したんだって言って、周りの皿をみんな独占するんだよ。文句を言うより唖然としたね」

慎二はその時を思い出して苦笑を洩らした。

「ところが従兄弟の女房は心得たもので、皆に目配せしながら『そうでしたわね』って素直に言って逆らわない。気の短い者は新たに料理を注文しなおすか、のんびりした者は従兄弟が自分の間違いに気が付くまで待ってる。僕なんか結局、従兄弟の食べ散らかした料理で間に合わせてしまったよ」

慎二は声を出して笑った。

「そんなことは、べつに驚くほどのものじゃないよ。よくあることさ。でもその奥さんはよく出来た人だね。認知症の人の世話は結構気骨が折れるものだ。まあそれはともかく、君の従兄弟さんが認知症だからって感染する訳があるものか。君のは単なる思い込みだよ。この間も言ったけど、君は真面目すぎるんだよ。だからストレスが溜まるんじゃないか？　そうそう、ストレスと言えば、不整脈はあれからどうなったかい？」

河辺は真面目な顔で慎二を見返した。

「ああ、ありがとう。お蔭であれから一度も出ないよ」

「そうだろうと思ってたよ。あれもストレスなんだ。今度の君の痴呆症だって妄想さ。欲求不満とか心配事とかで痴呆症がおこることはないんだよ。それはもしかして、鬱病性仮性痴呆の始まりなんじゃないかなあ」

「なんだい、それは――」

「一見、痴呆症に似てるけど、全然違うものだ。最近は痴呆症を認知症と言う。痴呆症ではなにか差別用語みたいな印象を与えるから認知症という言葉を使うんだろうね。大体痴呆症の人は、軽いひとは別だけど、自分で痴呆とはあまり言わないものだよ。でも鬱病性仮性痴呆の人は自分で大袈裟に痴呆だと思い込むんだよ。今の君みたいにね」

河辺はいたずらっぽく首を竦めた。

「認知症は知能低下が抑鬱症状より先行するのに対して、鬱病性仮性痴呆は、抑鬱症状の方が先行するんだ。しばしば記憶障害だけに限られるよ。いずれにしても、認知症には必ず器質的な原因があるけど、仮性痴呆は心理的なものだよ。僕の患者で、非常にしっかりした頭のいい女性で、どちらかと言えば完全主義者っていうのだろうね。長年仕えた、これも典型的な良妻賢母の姑が亡くなった途端、おかしくなってね。結婚以来頭を抑えつけられてた重石が取れてしまって、平衡を失ったんだと思うけど、自分でもこのままじゃいけないって、毎日歩いて、雨の日には家の中を歩いて、半年ほどで元通りに戻ったよ」

夜の街の騒音で聞き取り難いだけに、一語も聞き漏らすまいと慎二は神経を集中させた。

「女性だけに限らない。もう大分前になるけど、元気で快活だった男性が、退職後しばらくして鬱病になってね、何をしていいのか分からないって言うんだ。色々話をすると歌が好きらしい。そこで地域のコーラスに入るよう勧めたんだ。元々歌うのは好きだったんだろうけど、腹の底から声を出すのはストレス解消になるんだね。すっかり元気になったよ。まあ心配なら、検査してもらったらいいじゃないか」

「それほど心配してる訳じゃないけど……」

慎二はこの間のホルター心電計のことを思い出して、言葉を濁した。

「それほど心配してるんじゃないんなら、気にしないことだよ。それはそうと、なにか会に入るとか、近所の人と付き合うとかしてるのかい？」

「いや、あまり付き合いもないなあ。大体人との付き合いなんて、面倒臭いからね」

慎二は隣家の金木犀の事件を思い出して、つい無愛想な口調になった。

「それが老人の退化現象なんだよ。そうやって引き籠り始めると、ずるずると深みに落ちて、そのうち言い出せなくなる。限界を超えると救いようもなくなるよ」

酔いのせいか、いつもの能弁に加えて河辺の語調は辛辣だ。

「君みたいに、週二日でも大勢の患者、それもみんなそれぞれ違う人が違う病気をもって来るんだから、退化する暇はないよな。それに俳句もやってるし、反核医師の会にも入ってるし、どこからそんなバイタリティーが出るのかと感心してるんだ」

慎二は多少は皮肉まじりに応酬した。

「我々に残された時間はもう少ないんだよ」

河辺は慎二の語調に気付かないのか、赤くなった顔を引き締めた。

「人生に余生なんてものはないんだ。生きている限りは社会に対して現役なんだ。老人自身も自分を不用品扱いするなんて、とんでもないことだよ。この残り少ない時間を精一杯使わなければ、勿体ないじゃないか。確かに僕はそのうち人類は滅びるだろうと思ってる。でもそれは僕の半分だ。あとの半分は人間を信頼して、人間の叡智が地球も人類も救うだろうと思ってるんだ。だから反核医師の会なんて大袈裟なもんじゃないけどやってるのさ。世界から戦争をなくすのは人類の悲願だけど、人間の本性からしてそれはどうも不可能だから、せめて核だけでもなくすことが次の世代に残す、せめてもの我々の世代の良心というか責任だと思ってる。前にも言ったけど、君もこういう運動に参加してもらいたいな。日がな一日殻に閉じ籠って本を読んでるのは毒だよ」

「毒だって？」

慎二は思わず聞き返した。

「この間も読書は大して精神の糧にはならないって言ってたけど、君だって昔から暇さえあれば文学書を読んでたじゃないか――。それでよく医学部にすんなりと入れたものだ」

「そうなんだ」

河辺は慎二の嫌味を気にする様子もなく素直に頷いた。

「高校で進学の時にも君に言ったよな。医学部に行くか文学部に行くか、迷ったもんだ。でも結局、親父の跡を継いで医者になることに決めた。俳句をやってるのは、その時の後遺症みたいなもんだよ。まあそれはともかく、本ばかり読んでると、その作品に影響されて自律性が養われにくくなるし、好奇心だけが満足して、それで教養を積んだと錯覚しがちなもんだ」

「じゃあ君は、最近は読書しないのかい？」

「いや、たまには本も読むよ」

河辺は照れたようににやりと笑った。

「ほらみろ、人にばっかり言って――」

慎二は一本とったと気持ちよかった。

昔から二人はよく議論し合った。喧嘩もした。だが言い負かされるのは大抵慎二の方であった。さっきも老人性の痴呆について散々言われたばかりだ。

「だけどね」

河辺はくるりと慎二に向き直った。

「問題は柔軟性だよ。君が落ち込んでるのは、柔軟性が足りないからじゃないか？　今までの君の仕事は、きっちりと設計図どおりにやらなければならなかった。建設にとりかかったら、途中でああでもないこうでもないと、変更することは出来ないだろう？　しかし人生はそう始めから決められた通りに進むもんじゃないよ。君みたいに、これまでと違う生き方を選ぶ場合にも今までと同じ発想で、先に設計図を作り結果が分かってからでないと動けないんじゃないかな。要は臨機応変さ。一歩踏み出してこれでは駄目だと思ったら、また振出しに戻ってやり直す。ところが君は長年の習慣が身に付いて、他の発想が出来ないんじゃないのかなあ。君は昔から平衡感覚が優れてた。経験を積んで見識もある。それを活かさないでもたもたしてるのは歯痒いもんだ」

「――」

慎二は言い返す言葉もなく河辺を見詰めた。

「なんでも思い付いたことをやってみろよ。そのうち本当の生き甲斐が見付かるよ」

話しているうちに二人は駅に着いた。

「君は電車に乗るのかい？　僕はちょっと酔ってしまった。ここから車で帰る。そのうち電話するよ。また一緒に飲もう。じゃ、失敬――」

河辺は慎二の返事も待たずに、大きく肩をゆさぶると客待ちのタクシーに乗り込んだ。

タクシーの窓から手を振る河辺を見送りながら、慎二は身体の芯を爽やかな風が吹き抜けるのを感じた。


それからしばらくしたある日のことであった。

久し振りに彩子と外で夕食をした帰り、急ぐこともないのでぶらぶらと歩いていた。

十二月に入ったばかりだというのに、店々は早くもクリスマスの飾りつけをして華やかだ。風もなく穏やかな宵であった。通りには若い人が多い。恋人らしい二人連れが腕を組んで行く中を、はや一杯機嫌の勤め人風情が数人、楽しげに話しながら歩いている。こういう夜の賑やかな街中を老妻と連れだって歩くというのは、面映ゆいというか気持ちが若返るというか、なんとなく普段とは違った気分になる。

軒を並べているレストランのショーウインドウは明かるい。その飾り窓に何気なく目をやった慎二は、思わずその場で立ち止まった。

「どうかしたの？」

彩子が訝しげに慎二を見た。

「いや、そこの船が面白いと思って――」

そこはイタリア料理店らしく、大皿に盛られたピザやパスタなどの料理を並べた片隅に、可愛い帆船が置いてあった。

素人が趣味で作ったものか、木彫りの船体はずんぐりと無邪気なほど丸く、背の低い三本のマストに張った帆の数も少ない。四本マストを持つ日本丸のように、堂々として優雅な帆船ではない。だがその素朴な姿には人を引き付ける夢とロマンがある。もしかしたら、エンリケ航海王子が乗って大西洋を航海した帆船はこんなものではなかっただろうか。そんなことを考えた慎二の脳裏に、それまですっかり脱落していた遠い日の思い出が不意に蘇ってきた。

それは慎二が幼稚園に通っていた頃のことであった。近くで普請をしている家があった。

現在のように出来上がった材料を運んで組み建てるのではなく、当時の建築は現場で柱や羽目板を鋸で切り、鉋《かんな》をかけて仕上げる。幼稚園の帰り、鉋をかけている大工の威勢のよい様子に好奇心をそそられた慎二は、鞄を玄関の上がり框に放り投げると、普請中の家に走って行った。

木の香りがつんと鼻をつく。都会で育った彼には思わず深呼吸したくなるような新鮮な匂いであった。

大工は柱にするらしい太い木材に鉋をかけていた。慎二は道路の端にしゃがんで眺めた。しゅるしゅると鉋から薄い鉋屑が溢れて地に落ちる。端までかけるとまた最初に戻って鉋をかける。それは淀みなく気持ちのよい動きであった。丸まって落ちる鉋屑は薄く光沢があって、ふんわりと柔らかく大工の足元に積もる。眺めている慎二には、材木を仕上げるのではなく、その柔らかい鉋屑を作るために働いているように思われる。それなのに、大工はその重なり合った鉋屑の上を無造作に歩いて踏み潰していくではないか。慎二はたまらなくなって、

「これ、もらってもいい？」

おずおずと手を伸ばすと、足元に転がってきた鉋屑のひとひらをそっと摑み上げた。

「そんなもの、どうするんだ？」

手を休めた大工は、頭に巻いていた手拭を外して顔を拭きながら慎二を見下ろした。

「うん、なににするか分かんないけど、きれいだもの。なににするか家に帰ってから考える」

「おもしろい坊やだなあ。坊やは工作が好きなのかい？」

「うん、好きだよ」

叱られるかと思っていた慎二は、大工の優しそうな口調に少し勇気が出た。

「幼稚園ではボール紙でお面なんか作るけど、木で作ったことはないんだ。やってみたいの。それにこれは紙よりもずっときれいでくるっと丸まってるもの」

「欲しければ持ってっていいよ。鉋屑だけじゃなく、木の切れ端も、下に落ちてるものなら、なにを持ってってもいいよ」

「ほんとう？　みんなもらっていいの？」

「ああ、いいとも」

慎二は目を輝かせて大工を見上げた。大工の姿がお父さんのように立派で頼もしく見えた。

慎二は鉋屑や木の切れ端などを、せっせと家に運んだ。子供部屋はたちまち木屑の山になった。鉋屑は持って帰る途中で壊れて使い物になりそうもないが、他に材料は沢山ある。

これは全部自分のものだ。自由にしていいものだ。誇らしさと嬉しさにしばらく木屑を眺めていたが、さて何を作ろうかと考えた。初めに思い付いたのは飛行機だ。彼は父親が日曜大工で使っていた道具を取り出して仕事を始めた。飛行機といっても頃合いの二本の木を十文字に釘で固定するだけだ。さてプロペラはどうしようか考えているところに、子供部屋の主である兄が学校から帰って来た。

「こんなごみで、なにするんだ。足の踏み入れ場所もないじゃないか」

兄の注進で部屋を見に来た母親から、慎二は木屑とともに勝手口の横の物置小屋に追い払われた。

小さい窓が二つあるだけの物置小屋は薄暗いが、ここでは誰に憚ることもない。それからというもの、慎二は幼稚園から帰ると、今までのように遊びにも行かず、木屑の中で過ごした。友人が遊びに来ても小屋には入れない。兄はその頃から彼を相手に碁を始めたこともあって、機嫌取りの積りか学校の横の文房具店で色のついた黍《きび》がらや竹ひごなどを買ってきてくれた。

母親にもらった縫い糸で細い板を結わえ、旗を付けた竹ひごを立てた筏を風呂に浮かべた時は、思わず歓声を上げたものだ。

慎二は丸木舟が作りたかった。丸木舟を作って、それに帆を付けたらどんなに素晴らしいだろう。彼は柱の残りらしい太い木を鑿《のみ》で削り始めた。しかし子供の力では、硬い木材は簡単に削れない。毎日やっているうちに、彼はとうとう諦めて仕事を放り出してしまった。

やがて小学校に入り、彼の大工仕事への熱は次第に冷め、いつの間にか物置小屋には行かなくなった。

レストランの飾り窓の隅の小さな帆船は、今まで忘れていた昔の記憶を呼び戻してくれた。長い間心の底の襞に埋没していた思い出は、一旦現れると大きく膨らみ、もうそれから目を逸らすことは出来なくなる。

その翌日、慎二は早速材料や道具を買いに出掛けた。

店に並んでいる材料はみなきれいに鉋をかけられ、一定の大きさになっている。かつてのように大きさも違い、刺が刺さりそうな粗い木肌ではないだけに、なんとなく取り澄まして夢がない。それでもこれしか手に入らないのだからと諦めて買って来た。

帰るなり、床に新聞紙を敷き仕事を始めた。

「なにを始めるんですか？」

驚いて聞き質す彩子に、

「帆船を作るのさ」

慎二はことこもなげに言い返した。

「ハンセン？」

彼女は咄嗟に意味が分からないのか、目を見張って見返した。

「帆掛け船さ」

「ああ、その帆船ね」

どうやら言葉は飲み込めたらしいが、慎二と帆船とはあまりにも次元が違い過ぎてすぐに彼女の頭の中で結びつかないらしい。なんとなく半信半疑の顔で彼の仕事を眺めていた。

あの当時、鑿がうまく使えなくて諦めた帆船を、どうしても作ってみたい。既製の模型を組み建てるのはつまらない。設計は自分で考える。船の設計などやったことはないが、乗るわけではないのだから形が出来ればそれでいい。彼は一日の大半を木屑の中で過ごした。

あの時は木が硬くて子供の力では出来なかったが、今ではコツが分かればそれほど大変ではない。それに、手入れもされていない錆かけた父親の古道具ではない。新しい鑿はよく切れる。彼は木に鑿を入れるたびに、いつか幼児の気持ちに返っていった。

彩子は最初のうち、どうせすぐ飽きるだろうと思っているのか、関心のない様子で眺めていたが、次第に協力的になって一緒に後片付けをしてくれるようになった。そればかりか、洋裁をしている友人に頼んで、帆にする薄い布をわけてもらってきてくれた。

正月を過ぎ、帆船が出来上がったのは彼岸に入った頃であった。塗料を塗ると見違えるばかり堂々としている。暮れにレストランのショーウインドウで見た帆船よりも立派だ。これならコロンブスやガマだって乗ってみたくなるだろう、慎二は自分の傑作を飽きもせず一日中眺めて過ごした。

「あなたにこんな才能があったなんて、知らなかったわ」

彩子も横に坐って感心したように同じ言葉を繰り返した。それは何度言われても気持ちのいいものだ。

四月に入ったある日、保育園で園児の作品の展覧会があるから一緒に見に行かないかと彩子に誘われた。

「子供って、大人のように偏見や先入観がないから、感じたまま、見たままを表現するのね。上手下手じゃなく、力強くて素直なの」

保育園の子供のこととなると手放しで褒める彼女を今までは適当にあしらってきたが、この時はなんとなく見に行ってみようかと思った。

その日、準備のために早く出掛けた彩子を送り出してから、慎二は戸締りをして家を出た。

桜の蕾は膨らみ始めているのに、風は少し冷たい。それでも昼近くの陽光は爽やかで明るく、どこからともなく花の香りが漂ってくる。

当日は日曜日とあって、保育園は子供を連れた父兄で賑わっていた。ほとんどが中年の人達であったが、中には祖父母らしい齢の人もいる。慎二は持ってきたスリッパに履き替えて中に入った。

部屋の壁一面に絵が貼られている。彩子は説明係りらしい。慎二は、父親や母親と思われる人の顔や花を描いた幼い絵を眺めているうちに、両親を描いた絵では父親より母親の顔の方が大きいのに気が付いてほほえましくなった。隣の部屋では真ん中に置かれた机の上に、石鹸や菓子類の箱で作った工作品が並んでいた。窓を付けた家や、小箱を張り合わせたロボットや、これはなんだろうと首をかしげさせるものもある。母親達は顔見知りが多いらしく、作品の鑑賞は脇に置いてお喋りを始める人もいた。子供達も互いにふざけ合っている。楽しそうな彼等に囲まれていると、仕事に追われて娘や孫達の作品の展覧会を一度も見にいかなかったことを思い出して、慎二は胸の隅に小さな痛みを覚えた。

後片付けを園の職員に頼んだ彩子と一緒に外に出た慎二は、ほっと息をついた。場違いの所にいるのは疲れるものだ。どうしても口数が少なくなる。だが彩子は帰る道々、子供達の幼稚ではあっても豊かな創造力を飽きもせず繰り返してくれる。そんな話をいい加減に聞き流していると、彼女が不意に手を叩いて立ち止まった。

「そうだわ。保育園では職員が足らなくて、手をとって工作を教えてくれる人がいないんだから、あなたが教えてくれたらいいんだわ。あなたはあんな素敵な帆船が作れるんだもの。みんなもきっと喜ぶわよ」

自分の思い付きに有頂天の様子で、彩子は慎二の腕を掴んで揺さぶった。

「僕みたいな年寄りが？　そんな、子供になにか教える柄じゃないよ」

思い掛けない成行きに、慎二は肩を竦めて苦笑した。

「あら、年寄りだから、出来ることがあると思うわ」

彩子は掴んだ腕に力を入れて言葉を続けた。

「わたしだって保育園で子供達に絵を教えてるとは思ってないのよ。子供達と一緒に楽しく遊んでる積りなの。絵を描きながら、自分の経験を話したり、子供達の話を聞いたり、こちらが教えられることが沢山あるわ。あなたもそういう時間を持って、それをきっかけにして、生活がどんどん膨らんでくれたら、わたしがいなくなっても、安心だわ」

その最後の言葉には陰がない。まるで食事の献立を話している調子だ。慎二は思わず彼女の顔を見返した。

「君が先にいなくなるなんて、そんなことは考えられないよ。僕が齢上なんだから、僕の方が先に逝くに決まってるじゃないか」

慎二は頰を膨らませて睨んだ。この齢になると、先が見えているだけに猶更、そういう話題はなるべく避けたいものだ。だが彩子には通じないらしい。

「齢の順とは限らないわよ。孫がお祖父さんより先に死ぬなんて、世間にはいっぱいあるじゃありませんか。でも、そんな縁起でもないことを考えるのはやめましょうね。それより、さっきの話、子供達に工作を教えること、やってくれるわね？」

「本気でそんなこと考えてるのかい？　僕のような年寄りが今更誰かの役にたつなんて、考えられないね」

「あら、人間は生きている限り、誰かの役にたつものだと思うわ。子供達のためにも、それだけじゃない。あなたが元気で支えていてくれるから、わたしだって保育園やＮＰＯの仕事やカルチャー教室なんか、安心していろんなことが出来るんじゃありませんか。お互い、生きている限り精一杯生きましょうよ、ね」

彩子が声をたてて笑った。慎二はその屈託なげな顔を見ながら、ものに拘らない彼女の真似をして、とにかくなんでもやってみるに限ると思った。教えると思うから肩肘が張るので、好きな工作を一緒に楽しむというのなら出来ないことはないだろう。そのうち思いがけず自分の道が開けるかもしれない。

その数日後に、慎二は彩子と一緒に保育園に行った。ものめずらしげに眺めている子供達に紹介する彩子の横で、彼は視線のやり場がなく落ち着かない様子で立っていた。慣れない場所で顔付きが強張ってくるのが自分でも分かる。物馴れた彩子に比べればどうもぎごちない。相手が幼い子供なのに、考えていた挨拶の言葉さえすらすらと出てこない。しばらく世間から離れているとこんなになるものかととまどいながら話している彼を、子供達は警戒するような胡散臭そうな様子で眺めている。期待していたような反応はない。曾孫のような彼等を持て余している自分を感じながら、こんなことを引き受けるのは自分の柄ではなかったと後悔が湧く。しかし今更逃げ出すわけにもいかず、挨拶を終えると、とにかく実演してみることだと竹トンボの作り方の説明を始めた。

子供達と工作をするには手始めになにがいいか考えた末に、大して材料も要らず簡単に出来る竹トンボにしようと決めた。軸にする木は工作用の材料を売っている店にいくらもあったが竹はない。竹をプロペラの形に削るのに小刀を使わせるのは子供達に危ないから、最初から彼等には竹を削らせず塩化ビニールの板を適当な大きさに切ることにしていたから竹はなくとも構わない。だが自分は昔ながらの竹トンボに拘って竹で羽を作りたい。そう思った慎二は方々探し回って、やっと庭園の筧《かけひ》に使う竹を見付けて買ってきた。

予め割っておいた竹を削り始めた。最初は疑わしげに見ていた子供達が、次第に慎二を取り巻く輪を狭め、身じろぎもしないで目をこらし始めた。周りを取り囲む彼等の熱い眼差しを感じながら、慎二は小学三年生の時に竹トンボを学校で作ったことや、物置小屋でたったた独りで工作に熱中していた幼い日の記憶を思い出していた。

そのうち、こんな自分を見たら河辺はなんと言うだろうと、思わず彼の頬がゆるんできた。

羽を削り終えるとその中心部に軸を付けて出来上がりだ。子供達は早速、待ちかねたように竹トンボを作り始めた。やがて出来上がった竹トンボを飛ばすために皆が庭に出ると、彩子も職員も揃って見物に下りてきた。

陽光に暖められた大気が肌に心地よい。丸く膨らんだ小さな雲が三つ、四つ、眩しいばかりの青空に映えている。庭の隅に一本ある桜が、風もないのに花弁を落としていた。

まず最初に慎二が竹トンボを飛ばして見せた。竹トンボは青空に向かって高く上がっていく。子供達は驚いたように目を見張って眺めていたが、その行方を最後まで見届けようともせず、すぐに慎二の真似をして自分の作った竹トンボを飛ばし始めた。中には小さな掌で軸をうまく揉《も》めなくてぽとんと下に落とす子もいたが、年長組の子供の竹トンボは思いのほか遠くまで飛んでいく。

「わあっ」

子供達は目を輝かせ、歓声をあげながらそれぞれ自分の目印を付けた竹トンボを追いかけた。職員達も声を張り上げて声援してくれる。

大空いっぱいにこだまする子供達の明かるい声に包まれ、大きく膨らんだ慎二の心は隅々まで新鮮な空気に満たされていった。

あるドン・ファンの物語

（一）

小鳥の声がする。目を覚ました郁岡肇は起き上がって耳を澄ませた。聞き慣れない声だ。もっとも彼は雀と烏の声ぐらいしか聞き分けられない男だ。鳥はベランダの向こうの庭木にでもいるらしい。早く起きろと急き立てるばかり声高に囀っている。彼は音をたてないように静かに雨戸を少し開けてみた。

薄暗かった部屋に雨戸の隙間から光線が射し込んで、布団の上に一条の光の帯が出来る。その帯が少しずつ幅を広げていくにつれて部屋は明かるくなっていった。

鳥はまだ囀っている。肇は顔の幅ほどに開けた雨戸の隙間から外を覗いて見た。

爽やかな初夏の青空が眩しい。時計を見ると、もう八時前だ。すっかり寝坊してしまった。

鳥は門のそばの椿の木にいるのか、風もなさそうなのに艶やかな椿の葉がそこだけ揺れているが姿は隠れて見えない。彼はもう少し雨戸を開けてみた。すると鳥は葉を大きく揺るがせて慌ただしく飛んでいった。その衝撃に、まだ一輪枝に残っていた椿の花が落ちてしまった。

一瞬彼の目に、黒っぽい羽と白い胸毛の上の黒い蝶ネクタイのようなものが見えただけであった。飛んでいった鳥は隣の庭でまた声高に鳴きだした。

肇は思い切り雨戸を開けた。風はなく穏やかな大気に、気のせいかどこからともなくかすかな花の香が漂ってくる。道を隔てた前の公園の周りには色とりどりの躑躅の花が咲き、欅や桜の柔らかい若葉が楠の新しい緑に混じり合って広がっていた。その木立の向こうに中学校の建物が見える。登校にはまだ早いのだろう、道には生徒の姿はなく、公園では何人かの人が整列して身体をゆっくり動かしていた。

（太極拳か――）

テレビや映画では見たことがあるが、実際に見るのは初めてだ。たいして興味のあるものとも思えなかったのに、なんとなく眺めているうち腹が空いているのに気が付いて台所に行った。目玉焼きを作りパンを焼き昨日のうちに買っておいたパック入りのサラダで朝食を済ませると、洗濯を始めた。その間に少しでも荷物の片付けだ。

肇は昨日この家に引っ越してきたばかりだ。

東京に生まれ東京に育ち、就職して一時外地に行った以外に東京を離れたことがない。べつに都会が好きだという訳ではない。ただ単に生活に便利というだけにすぎなかった。

彼の実家は都心から離れた古い住宅地にあって、近所はみな子供の時からの顔馴染だ。会えば挨拶だけでは済まされないこともある。特に主婦などが、子供の頃の古い思い出話を持ち出して馴れなれしくしてくるのには我慢がならない。それから逃げるために、卒業して就職すると、通勤に便利だからと両親を説得し独りでアパート生活を始めた。

その後結婚して少し広いマンションに移ってからも、誰にも気を遣うこともないこの気楽な場所を永住の地と決めて腰を落ち着けていた。

都心に近い五階建てのマンションは高台にあって、都内としては静かで見晴しもよい。独身時代のアパート生活と同様、近所付き合いもせず暢気に過ごしていたのに、一年前妻の晶子を亡くしてから、長年住み慣れてきたマンションの生活がにわかに煩わしくなってきた。

子供のいない晶子は、結婚前に小学校教員をしていた経験もあったし、帰りの遅い肇を待つ時間をまぎらすためもあったのか、彼のいない日中は同じマンションに住む子供達を集めて学童保育の真似事をしていた。子供好きで誰にでも親切な晶子は子供ばかりか近所の人からも慕われていたらしい。しかし、彼女に懐いている子供が肇のいる時になにかの用で訪ねて来たりすると、中には入れずに外で立ち話をして追い返すことがある。そういう時の晶子のおどおどとした慌てぶりが、肇には可笑しかった。自分の生活の邪魔さえしなければ妻が何をしようと全く関心がないのに、子供嫌いな夫にいつまでたっても気を遣う彼女の心情が滑稽にさえ思われる。

それが、晶子が亡くなってしまうと、それまでの近所の住人と彼女との人間関係が直接彼に降りかかってきたのだ。このマンションに移って二十年以上もたつし、晶子が子供たちの面倒をみていたこともあって、隣近所はみな肇夫婦に好意的であった。上辺は愛想がよく、会えば誰にでも気軽に挨拶をするから、肇はやさしいご主人で妻の学童保育にも協力しているのだと思われていたらしい。だが本当は人付き合いが嫌いで、人との応対はすべて妻任せにし、玄関の戸口で聞き耳をたてて人の気配がないのを確かめてから戸を開けるようにしていたほどだ。それなのに晶子という壁がなくなってからは、いやでも直接近所付き合いと向き合わなければならない。彼等の子供達を可愛がった彼女への哀惜や鰥夫《やもめ》になった肇への同情からか、こちらが本を読んだり音楽を聴いていたりする時でもお構いなくブザーを鳴らす。買い物に行くからついでに買う物があれば買ってきてあげようとか、旅行に行ったお土産だとか、もらい物のお裾分けだとか言って品物を持ってきてくれる。

相手の気持ちが分からないでもないが、こんなつまらないことのために、自分の時間を邪魔されるばかりか有難そうな顔をして頭を下げなければならないのはたまらない。

「小さな親切、大きなお世話」だとそのたびに腹の中で苦々しく思う。人から干渉されるのは真っ平だ。妻に死なれたからといって、皆がみな落胆しているわけではない。仮に落胆していても、同情を押し付けるものではない。同情は悪徳だと思っているから、肇は人に同情もしないしされるのはもっと我慢がならない。しかし人には良く見せたい性分だからそんな腹立たしさを気振りにも見せず、いかにも有難そうな顔で玄関を閉めると、ほっとして苦りきった自分の素顔を取り戻す。

肇は思い切って転居を考えた。今度はマンションではなく、人との接触も少ない静かな住まいがいい。一昨年証券会社を退職してから友人の会社の経理を手伝っていて週に一、二度その会社に行くだけの生活だ。彼は住み慣れた東京を離れ横浜の近郊に家を探した。

肇はこの家を紹介された時、一目で気に入った。

築十年だが水回りや内装を新しくしてあって感じは悪くない。この住宅地は山を切り崩して宅地造成した所だけに家並みも道路も整然としていて、小作りな一戸建ての住宅の並ぶ静かな環境だ。それに家は東南の角地で向かいの南側は公園と学校ときているから、近所と顔を合わすのも少なくてすむわけだ。平屋なのも気に入った。十二畳の居間に台所と八畳の和室と納戸という小さな家で、子供のある家族では狭いせいか今まで借り手がなかったらしい。それだけに家賃も思ったほど高くはない。彼は晶子が残していったレコードだけは取っておき、形見のピアノも他の遺品もすべて処分したばかりか自分の身の回りの物も出来るだけ整理して引っ越してきた。

最近の引っ越し業者は家具などは片付けてくれるから、あとは本とか食器とか細々としたものが残っている。

肇はとりあえず洗濯物を干すことにした。

ベランダに出ると、公園から賑やかな歓声が聞こえてきた。太極拳に代わって今度は十人ほどの男女がゲートボールをしている。

干し物を終えた彼はベランダに凭れて眺めた。

ゲートボールの仲間はみな老人らしく、肇と同年輩か齢上のようだ。中でとりわけ大柄な男が身体相応な大声で審判めいたことをしている。この男がリーダーなのだろう。恰幅のよい体格、白髪の下の血色のよい柔和な顔、ここから見ても明かるく善良そうな人柄に見える。

中天近く上った陽にフェンスの影も椿の影も短くなった。朝のうちはなかった雲が幾つか空にかかっている。しなやかに伸びている桜の青葉が時折わずかな風に揺れて、聞こえるのは老人達の楽しげな声だけだ。

しばらくしてゲートボールは終わったのか、連中は帰り支度を始めた。肇がベランダから腰を上げ、バケツを下げて家に入ろうとした時、

「お兄さん――」

門の外で弾んだ声がした。妹の俊子だ。振り向いた肇の目に、明かるく透明な陽射しを受

けた彼女の顔が眩しく映った。

「昨日は引っ越しの手伝いをしてもらって、ありがとう」

目を細めた肇は思わず改まった挨拶をした。

「いいえ、大してお役にたたなくて……」

これが妹の癖の、唇の片端を上げて笑いながら紙包とともにベランダに腰を下ろした。彼女も肇に似て、時折こんな他人行儀な物言いをすることがある。母親似で目鼻立ちの整った色白の顔は瑞々しく、まだ五十そこそこにしか見えない。肇は細めた目をふっと逸らせた。

「お昼はまだでしょ？　一緒に食べようと思って、お寿司を買ってきたわよ」

俊子は返事も待たずに玄関に入った。

「昨日のうちに食器だけ片付けておいてよかったわね」

言いながら彼女は手際よく食器棚から茶道具を取り出してテーブルに並べると、紙包を開けた。

「お兄さんの好きなちらし寿司よ」

「いつも気を遣ってくれて済まないね」

「なに言ってるのよ、他人行儀な――。わたしもお相伴するんだから」

俊子は笑いながら箸を取り上げた。朝寝をしてさっき食べたばかりだからまだ腹は空いていなかったが、折角買ってきてくれたのを断れず、肇は早速食べ始めた。

「どう見てもこの家は狭いわねえ」

俊子は箸を持ったままあたりを見回し始めた。

「お兄さんが親の遺産でわたしに譲ってくれた家は古いけど広いから、わたし達親子五人には十分だった。娘二人は嫁に行ったし、この夏には同居の息子に赤ん坊が生まれても、住まいに関して心配いらないのは助かる。それだけにお兄さんに狭い思いをさせるのが気の毒よ」

「なにを言ってるんだ。僕の代わりに一緒に住んで最後まで親の面倒をみてくれたんだ。家ぐらいもらうのは当たり前だ。それに、独り暮らしにはこれで十分だよ。起きて半畳寝て一畳、死んでしまえば土一升と、よくお袋が言ってたけど、人間にとって必要な面積はそれだけさ。これでも広すぎるくらいだ」

「そう言ってくれれば気が楽だわ。うちの人がなにかと言うとお兄さんに気の毒がるから――」

「とんでもない。こちらこそ、まるで入り婿みたいに親の世話を任せっきりにしてたんだ。気の毒がるのはこちらの方だよ」

「ありがとう。帰ったら、そう言っとくわね。それはそうと、お隣に挨拶はしたの？」

俊子は箸を置くなり改まった口調で聞いてきた。

「挨拶？　折角、人付き合いから逃げて来たんだ。また煩わしいことはご免だよ」

肇は寿司から顔も上げずに素気無く言い返した。

「どうせそう言うだろうと思ってた。お兄さんって、女と付き合うのは全然面倒がらないのに、変なところ人間嫌いなのね」

俊子は首を竦めてくすっと笑うとまた箸を取り上げた。

「いやなこと言うね」

顔を上げた肇は苦笑いしながら相手を軽く睨んだ。

「本当のことじゃないの」

俊子は声を出して笑ったがすぐ真顔に返って、

「そんなことはどうでもいいけど、近所付き合いが煩わしくたって、なんといっても独り暮らしなんですからね。なにかあったら、すぐに世話になるのは隣の人なのよ。遠い親類より近くの他人って言うじゃないの。わたしが駆けつけても間に合わないんだから――」

「縁起でもないこと言うなよ。まだ先はある積りだ」

「そりゃそうでしょうよ。でも人間、いざという時のことは考えておかないといけないわよ。わたしの近所の人で、老夫婦の二人暮らしだったんだけど、奥さんがお風呂から出てみたらご主人が廊下で倒れてたの。救急車が来たけど間に合わなかったって。動脈瘤の破裂だったらしい。二人暮らしでもそうなんだから、独りじゃ発見が遅れて孤独死よ。名刺がわりにタオルを持ってきたから、お寿司食べたら挨拶に行ってらっしゃいね。それから、町内会に入る手続きもしてこなくちゃ駄目よ。顔繋ぎをしておいたら、この地区の民生委員でも時々見回りはしてくれると思うわ」

「まったく老人扱いだねえ。これでも七十には間がある。まだまだ若い積りだよ。そういうところは、お袋そっくりだよ。口煩くて世話焼きで……」

口を尖らせた肇は、ふと顔を背けた。こんな話をする時の彼女は所帯臭くて気に入らない。

「悪かったわね。でもお姉さんがいないのだから、わたしが世話を焼かなければ、誰がお兄さんの世話をしてくれるの？」

「分かったよ。行ってくればいいんだろ？　お喋りは程ほどにしてさっさと寿司を食えよ」

「あら、わたしはもうお寿司は頂きましたわよ。食べるのも喋るのも早いのよ」

俊子はハンカチで口を拭くと、にんまりと笑った。

色白の顔は化粧のせいか艶やかで、ふくよかな頬には脂ののった色香がまだ残っている。

寿司を食べ終わった肇は俊子の持ってきてくれたタオルをぶら下げて挨拶に出掛けた。

ここに生涯住むことにしても、隣近所に世話になる積りは更々ない。近所との付き合いなど、もう真っ平だ。

孤独死であろうと安楽死であろうと、当人にとって死は一つだ。息を引き取るまでは自分のものであっても、死んでしまえば残った身体はただの厄介な生ゴミに過ぎない。生ゴミに感情などあるものか。葬式は俊子の世話になるだろうが、両親の眠る墓に入れてもらおうが骨を海に撒いてもらおうが、死んでしまえばなんの関わりもない。第一、一言挨拶したからといって、人が他人の世話をする筈があるものか。いかにも愛想よく親切そうに見える人間に限って本心は冷たいものなのだ。いざとなれば見て見ぬ振りをする。といってそんなことを俊子に話してみても引き下がりはしないだろう。彼女の小言から逃げるために出掛けるに過ぎない。

帰って来ると、俊子は空になったダンボールの箱を畳んでいた。

「本やレコードは、お兄さんの好きなように片付けるだろうと思って、手は付けてないわよ」

「ああ、ありがとう。ずいぶん片付けてくれたねえ」

「まだまだ片付かないけど、ちょっとは部屋らしくなったでしょ。それはそうと、このダンボールの中に、お姉さんの写真が入ってたわよ。どこに飾ればいい？」

彼女は写真をステレオのラックに立てかけた。

「そんなものはいらない。処分しようと思ってたんだ」

肇は写真に目もやらないで応えた。

「まあ呆れた。自分の奥さんの遺影を処分するなんて、かりにも長年連れ添ってきた人じゃないの。マンションにいる時だって仏壇一つ買うわけでもないし、お姉さんが悲しがるわよ。親の位牌は家と一緒にわたしが預かってるけど、住まいを新しくした機会に、仏壇ぐらい買いなさいよ。晶子さんをほっといてさんざん浮気して悲しい思いをさせてるって、以前お母さんが話してたけど、せめて位牌や写真を飾って供養してあげなきゃ——」

俊子はハンカチを出して丁寧に写真を拭き始めた。

「まったくお袋もお喋りだ」

「言われる方が悪いのよ。お父さんもお母さんもお姉さんが気に入ってたから、気の毒で堪らなかったのよ。お姉さんは可哀そうな人だった。あんなに好き合って結婚したのに、結婚した途端もう構われなくなって、あんなに子供が欲しかったのに生ませてもらえなくて……」

俊子は言葉を湿らせて小さく溜息をついた。

「晶子がそんなこと、言ったのか？」

彼は初めて聞く話に驚いた。

「ううん、そんなこと言わないけど、分かるわよ。わたしは三人の子持ちだから、いつも子供を連れて遊びに来てたの。お姉さんが家に来ることもあったし。会えば自分の子供みたいに可愛がって、クリスマスや誕生日には必ずプレゼント呉れてたの。お姉さんは本当に子供好きだったのよ。いつだったか何気なく子供を作らないのって聞いたら、淋しそうに笑ってた。人によっては欲しくても子供の出来ない事情もあるけど、あの時の悲しそうな笑いはそんなんじゃやなかった。その時気が付いたのよ。子供の嫌いなお兄さんが作らせなかったんだって――」

俊子はハンカチの手を休めて肇を睨むように見据えた。彼は思わずその顔をまじまじと見詰めた。

「一度晶子が、子供が欲しいと言ったことがあったが、要らないって言ったらそのことは二度と口にしなかった。だからそんなことは気にもしなかった」

「あら、気にしたところで子供は作らせなかったんじゃないの？　お姉さんは大人しくてお兄さんには逆らえない人だったから、それ以上は言えなかったのよ。お兄さんはお姉さんには冷たい人だったもの。お姉さんの気持ちなんか、考えもしなかったんでしょ？　言いたいことも言わせなかったんじゃないの？」

俊子の口調は妙に絡んで聞こえる。肇は不意に立ち上がると、

「いつまでもつまらんお喋りをしてないで、もう帰ったらどうだい。夕飯の支度があるだろう」

俊子を追い立て始めた。

「そうだわ。帰りに夕飯の買い物もあるし、今日はこれで帰るわね」

俊子は話の続きを忘れたように顔をやわらげた。

「ああ、僕も買い物があるからバス停まで送って行くよ」

俊子の気の変わらぬうちにと、肇は窓を閉め出掛ける支度を始めた。だが先に玄関に下りた俊子はそのままハンドバッグを上がり框に置くと、

「洗濯物はどうするの？」

気遣わしげに外を覗いた。

「そんなもの、いいよ。雲はちょっと出てきたけど、帰るまでは大丈夫だ」

肇はそそくさと俊子を外へ追い出した。

さっき挨拶回りをした時はそれほどでもなかったのに、今では雲が大きく空に広がりそのわずかな隙間に青空が顔を覗かせている。風も心なしか少し冷たくなった。その薄日を受けて、フェンスの下の松葉菊の、絹糸のような艶やかな蕾がふくらみ始めていた。

道へ出ると、中学生が何人か連れ立ってお喋りしながら歩いている。反対のバス通りの方から学校帰りらしい女子高生が大きな鞄を抱えてやって来た。女の子は脇目もふらずスマートフォンを見ながら、電柱にもぶつからずに器用に歩いている。長い髪が前に落ちかかる度に頭を振りながら歩く様子が齢に似合わず子供っぽい。彼女は肇の家とは反対の角を曲がっていった。

「あのくらいの齢って、人生で一番いい時よね。苦労もないし、未来は夢と可能性に溢れてるし、もぎりたての果物みたいに魅力があるでしょ？　わたしにもあんな時代があったんだわ」

俊子は女の子の後ろ姿を見送りながら溜息をついた。

「あの子だってすぐにお婆さんになる。月日の経つのは早いもんだ。うかうかしているうちに夢も希望も削り落とされる。もちろんそんなものがあったらの話だけどね。そして最後は骨と皮だけで、食欲以外には全て無感動で無感覚の身体だけになる。人生ってのはそれだけさ」

「それって、お兄さんのお得意のニヒリズムというかペシミズムというのかしらね？」

俊子は肩をすぼめて笑った。

「とんでもない。人間の本質さ。大体女っていうものは、齢をとってまだ考えるものを持っていたとしても、ろくなことは考えないものなんだ。いつまでも未練たらしく若かった過去にしがみ付いてる動物なんだよ。だがね」

肇はふと語調を変えた。

「人にはその齢その齢の魅力がある。俊子は今もきれいだよ。成熟した色気が漂ってる」

「あらいやだ、色気だなんて――」

俊子は頬を染めると流し目で肇を見返した。

「僕はあんな硬くて青い果物には全然魅力は感じないね」

「そう言うだろうと思ってたわ。お兄さんはもっと熟れた、色気のある女性が好みだもんね」

「嫌な言葉を使うねえ」

肇は俊子の顔も見ないで口を尖らせた。

「あら、本当のことじゃないの。わたしが大学に入った時にお兄さんは社会人になって、日曜はいないことが多かったけど、たまに家にいる時にわたしの友達が遊びに来ると、一緒にトランプなんかしてくれたわよね。覚えてる？　女子学生なんて青臭いって全然眼中になかったくせに人当たりだけはいいから、みんなお兄さんを張りあったものよ。その中でオマセで鋭いのがいて、その時にも言ったと思うけど、お兄さんのこと、ただ美男子というだけじゃなく精悍で男性的な存在感があって、如才ないんだけど、なにかの拍子にふっと冷たさを感じる時があるって。その謎めいたところが魅力なんだって――」

俊子はちょっと言葉を切って息をととのえた。

「そんなスリリングなところが堪らないって言ってた。スリリングな男性って、女性にとっては危険な存在だけど、ぞくっときて抵抗出来なくなっちゃうのよ。わたしでも、未だにお兄さんは謎なのよ。もしかしたらお姉さんは、その謎にからまれて、どんなに浮気されても離れられなくなったんじゃないかしら。その謎に捕りモチみたいに熟れた女をからませて、次から次へと気に入った人を取り換えていった。お兄さんは生来の色事師なのよ」

「色事師と言ってもらいたくないね。確かに惚れっぽいのは認めるけど、その時は真面目に惚れるんだ」

「そんなの真面目とは言えないわ。熱しやすくて冷めやすいだけなのよ。決して長続きはしないんだもの。どれだけ泣かされた人がいたか。そのうち報いがくるわよ」

「ああ、女の報いがくれば喜んで頂くよ。僕はすぐに女に夢中になるところがあるけど、その女の正体が見えてくると、もう駄目なんだ。嫌気がさしてくるんだ。僕が浮気っぽいせいじゃない。相手が悪いんだ」

「勝手な理屈ね。言うならば、単に飽きやすいだけなのよ。もうちょっと見極めてから惚れればいいのよ。それにしても独身主義者のお兄さんがお姉さんと結婚した時は、心底わたしはほっとしたのよ。美人で真面目で、お兄さんのこと心から愛してたものね。お父さんもお母さんも、肇には勿体ない嫁だって、これで息子の女癖が直るって喜んでたのよ。それがものの半年も経たないうちに元の木阿弥になっちゃって。なにが不足であんなに粗末にしたのかしらね」

「粗末になんかしないよ。ちゃんと妻として大事に扱ってきたよ」

「それは世間体だけでしょ？」

俊子はすかさず言い返した。

「そう絡むなよ。元々結婚なんてしないと決めてたのが結婚してしまって、すぐにしまったと後悔したのは事実だけど、真面目過ぎて退屈になっただけさ」

「世の中にはね、お兄さんのお好みのように、天使と悪女が同居してるような女はいないわよ。お兄さんは欲が深いのよ」

俊子は笑いながら言い捨てると、折から来たバスにひらりと飛び乗った。

（二）

その夜、肇は晶子の写真を新聞紙にくるんで押し入れに放り込んでからレコードをかけた。

この街は昼間でも、通学する生徒の群れが途絶えた後は人通りが少なくなる。夜ともなれば前の道を行く足音も滅多に聞こえない。時折隣家の子供の声があたりの静けさを破る中に、思い出したように車の音がするだけだ。

モーツァルトの〈クラリネット五重奏曲〉は彼の一番好きな曲だ。悲痛なまでの明るさと静謐は魂を底のない深淵に引きずり込む。それは、いつ聞いても全てを忘れて浸りきることの出来る世界だ。この音楽の世界だけが彼の魂を自由にはばたかせてくれる。

高校を卒業して二十年ほどした時、友人に誘われて初めて同窓会に出た。そこで十年も後輩の晶子と会った。楚々とした控えめな美人で、一目で夢中になった肇はいつもの調子で早速彼女に近付いた。

二人が交際を始めた頃のことだ。彼は音楽会に晶子を誘った。その日の演奏曲目にこの〈クラリネット五重奏曲〉があったからだ。彼女は演奏中身じろぎもしなかった。曲が終わった時にもすぐに顔を上げない。彼は晶子が泣いているのに初めて気が付いた。

「心が耐え切れなくて、死にたくなる音楽ね」

彼女はハンカチで顔を隠しながら呟いた。肇はその時、女の純粋でひたむきな性格にそれまでにも増して苦しいほどの恋情を感じた。その帰り道で、二人は初めて愛を確かめ合った。

彼女は肇を理解し、愛してくれた。しかし最後のものまでは許してくれなかった。結婚するまではと拒む晶子を独占するために、生涯独身を通す決心を変えるという犠牲を敢えて払わなければならなかった。

しかし二、三ヶ月もすると肇は結婚したことを後悔した。確かに真面目でやさしく、よく気の付く女ではあったが、手に入れてしまえば魅力は半減するどころか自分の独身主義を変えさせた相手が憎らしくなることもある。

「僕達ここらで別れて、お互いに新しく出直した方がいいんじゃないか？」

その頃肇が晶子に言ったところ、彼女は切れ長な目を見張ったまま、突然大粒の涙を流ししゃくり上げた。

肇は女の涙が嫌いだ。大体女の涙には大した意味はないものだと思っている。肉親の死別ならともかく、女の涙には悲しみはない。あるのは口惜しさ、恨みだけだ。

「わたしのどこが気に入らないのか、言って下さい。わたしはあなたと別れたら生きていられない」

泣きながら縋り付く晶子に肇はうろたえた。わずかばかりの悶着は覚悟していたものの、こんなに取り乱した彼女を見るのは初めてだ。こうなったら説得する言葉が出てこない。離婚をする正当な理由があるわけではないし、性格の相違があるわけでもない。ただ飽きただけだ。欲しがった玩具を最初は大事にしていた子供が、そのうち飽きて見向きもしなくなるように——。宥めようにも言い訳の出来ない肇は、泣きじゃくる晶子に根負けしてとうとう離婚を思いとどまった。別れることなど簡単だと軽く考えていたのは軽率であった。こうなれば協議離婚は望めないばかりかこんな申し分のない女を相手に離婚訴訟をおこしたところで、誰も彼の身勝手な言い分に耳を貸す人はいないだろう。だいたい初めから肇には言い分などある訳がないのだ。

それからの晶子は以前のように積極的に求めることはしなかったものの、偶に求められれば、恥じらうように頬を染めて彼に応えるのであった。その様子は結婚当初と少しも変わらなかった。肇が他に女と付き合っても、彼女は一言も文句を言わず彼に尽くしてくれた。

彼女が癌になったと知って、肇は友人の紹介で癌センターに入院させ、三日にあげず見舞いに行った。最後の時、痩せた手を彼に預けて、晶子はぽろりと一粒の涙を流した。人生の最後になって思いがけず尽くしてくれる夫への感謝であったのか、夫の顔色を窺い息をひそめて生きてきた不毛の生涯への恨みであったのか聞くすべもなかったが、彼としてはこれが自分の負い目に対する精一杯の行為であった。

肇は、晶子の死に顔に残る涙の跡を拭きながら、浮気の相手に飽きた時だけ戻ってくる彼を黙って待つだけの人生であった彼女がふといじらしくなった。しかしそんな感傷も日がたつにつれて薄らぎ、いつの間にか消えてしまった。

肇は浮気の相手と別れる時、泣かれるのが一番嫌いだ。

「もうこれで左様ならだよ」

一言そう言って別れれば、あとは女が怒ろうと泣こうと構いはしない。だがそこまで開き直れず別れる女にも恰好を付けたがるから、柄にもなく浮世の義理人情を持ち出したり、時には想いの丈を溢れさせて次の逢瀬を約束したまままそれきりにすることもある。肇は女と付き合う時は勤めている会社どころか自分の名前も住所も架空にしておくから、別れてしまえば後顧の憂いはない。浮気をする場合、女を口説くよりも相手に恨まれずに別れることに技術を要するものだ。あまり騒ぎ立てずに別れさえすれば、もう二度と会いはしないのだからどう恨まれても痛くも痒くもない。問題は別れる時だ。これは相手によっては手こずる場合もある。悠子の場合がそうであった。

晶子と結婚して一年ほどした頃であった。ネクタイを買いにデパートへ行った時、その売り場にいたのが悠子であった。

日本人にしては大柄で、小麦色の肌に大きな目の南国的な美人であった。そのむっちりと艶やかな皮膚に納まりきれない情熱がいまにもほとばしり出るのではないかと思われる。肇は忽ち惹きつけられた。もっとも一目惚れは彼のいつものことだが、この時は身体の芯まで痺れるような激しい情欲を感じた。彼の胸元にあれこれネクタイを当ててがってみせる度に漂う女の豊満なにおいは、全ての思考力を奪う。それは一瞬にして男を虜にする力であった。この女に比べれば、いままでの浮気の相手はちょっといいなと思うほどの軽い気持ちに過ぎなかった。もうネクタイなどはどうでもよくなって、女の発散するその官能的な匂いに身も心も縛り付けられた。

「仕事が終わったら、君を待ってる人のいる家に、真っ直ぐ帰るの？」

いつもの肇に似合わず言葉を詰まらせながら、ネクタイの包みを渡す女の耳元にそっと囁いた。彼女は驚いたような咎めるような目で彼を見返したが、すぐにためらいがちな笑いを浮かべて、

「いいえ、待ってる人もいませんわ」

軽く睨んだ。その様子に肇の興奮が少し落ち着いた。

「それを聞いて安心しました。じゃあ、仕事が終わったらお茶でも付き合ってくれません

か？　会ったばかりなのに軽薄な男だとお思いでしょうが、このまま店員と客とで別れてしまうのは身を切るように心残りで辛い。僕は真面目な気持ちなんです。あなたとは、なにか運命的な出会いを感じるのです。このデパートの前のコーヒーショップで待ってますから、いいでしょう？」

押し付けがましい態度は逆効果で、遊び慣れた男に思われるだけだ。しかしそこは年季が入っている上に一目惚れした熱い想いが籠められているから、語調に心情が溢れてくる。女はあたりに気を遣うのか、拒絶するでもなく曖昧な笑いを浮かべただけで売り場の奥の方に行ってしまった。

デパートを出た肇は、今晩は遅くなると晶子に電話をしてから指定したコーヒーショップに入った。こういうことには妙に几帳面なところがある。注文したコーヒーを時間をかけてゆっくり飲んだ。

デパートが閉店し、それからなにかと雑用があるだろうし着替えもあるだろう。時間はたっぷりある。彼は逸る気持ちを抑え、文庫本を取り出して読み始めた。

こういう時に限って時間は遅々として進まない。

女には多少自信がある。それに誘った時の女の態度に驚きはあっても不快な様子は感じられなかった。だがあれは女特有の無意味な笑いなのではないだろうか、ただの職業的なもので、肇の誘いを受け入れたのではないかもしれない。彼はどちらとも決めかね、こうなったら女が来るか来ないか五分五分だと腰を落ち着けた。これは賭けだ。来ると分かっている女を待つのと、来るかどうか分からない女を待つのとでは気持ちの苛立ちと弾みが違う。しかしそこには一種の快感がある。この快感は女を口説く熱情の前奏曲だ。彼の目はただ頁の上を追っているだけで、店の扉が開くたびに胸をときめかせながら顔を上げてしまうのだった。

銀座の夜のこととて店は混んでいた。だが場所柄、一杯のコーヒーで長居をする客には慣れているのか、肇のいるテーブルの横をウェイトレスは目も止めずに通り過ぎて行く。

どのくらい待っただろう。やがて店の扉がおずおずと開かれて、ネクタイ売り場の女が遠慮勝ちに中を見回しているのが目に入った。やっぱり来てくれたのだ、もう恋は手に入れたのも同然だ、肇は今までの焦燥が勝利の歓喜に燃えるのを感じた。彼女は彼に気が付くと、はにかんだように肩をすぼめて近付いてきた。

「いらしてくれたんですね。振られたんだと諦めかけていたんですよ」

肇は小躍りしたいのを抑え、素早く椅子を引いて女を坐らせた。

なんと魅力的な女だ、身体の底の底から込み上げてくる疼きに眩暈すら感じた。こういう時は目にものを言わせて多弁を弄しない方がよい。

その女悠子は、胸元にフリルをあしらったクリーム色の絹のブラウスに着替え、化粧も念入りにしたと見えて制服の時とはまた違った華やかな雰囲気がある。

「本当は来ようかどうしようか、迷ったんですの。だって、初めてお会いした方のお誘いを受けるなんて、すごく軽はずみな女に見られるでしょうから――」

悠子は上目遣いに肇を見た。その媚を含んだしながが男のみだらな期待をいやが上にも募らせる。

「とんでもない。あなたは決して軽はずみな方には見えません。そんな人に見えたら、誘う気にはなりませんよ。こうしていらしてくれただけで、気障な言い方ですが、もう天にも昇る気持ちなんです。もし今日いらしてくれなければ、明日も明後日も、毎日でもネクタイを買いに行くつもりでいました」

「まあ――」

悠子は濡れたような大きな瞳を輝かせると、こぼれるばかりに微笑んだ。

二人の仲は急速に親しくなった。

悠子の身体は既に充分に開発されていた。男を求める技巧と情熱に、肇はまるで初めて女に接したように溺れていった。しかししばらくすると、その耽溺は欲情を果たした途端に薄らぐばかりか、こんな女にのめり込む自分自身がうとましくさえなった。

悠子の技巧は性行為だけではなかった。食事をしている時も道を歩いている時も、自分の美貌を十分意識して振る舞う。始めのうちこそ、大概の男性が振り向いてみたくなるほどの魅力的な悠子を恋人にしていることが男として誇らしかったのに、ひとたびその技巧が気になると、わざとらしさが目について疎ましくなってくる。それればかりか、彼女との間には共通の話題がなかった。付き合い出した頃は遠慮深く言葉少なに肇の言うことに相槌を打つだけであったが、しばらくすると、道を歩いていてもショーウィンドウに目を止めてあれこれ品定めを始めるようになった。彼女の関心事といえば、デパートに並べてあるブランド物の品物のことで、ハンドバッグはどこそこ、アクセサリーはどこということと、テレビの娯楽番組に出て来るタレントの話だけだ。

教師をしていた妻の晶子は歴史が好きで本もよく読んでいたし、子供の時からピアノを習っていて音楽に造詣も深かったから、話題に関しては退屈することはなかった。肇が偶に早く帰って来た時など、シューベルトの好きな彼女は彼のためによくその小品を弾いてくれて、時には気分に乗って『さすらい人幻想曲』を聞かせてくれたものだ。

その頃、肇に外地勤務の話が持ち上がっていた。彼はその話を悠子と別れるための渡りに船と承知した。

ところが彼女と会って転勤の話を持ち出す前に、

「わたし、赤ちゃんが出来たらしいの」

悠子が毛布の端から目だけ覗かせて言った。

「えー」

肇は全身から血の気が退くのを感じた。

「子供が出来ないように使っていると、言ってたじゃないか」

「そりゃ失敗することだってあるわよ」

悠子は鼻にかかった甘え声で言い返した。口で失敗と言いながらかえって喜んでいるらしい様子に、肇は彼女の作為を感じた。

(最初からその積りだったんだ!)

彼女に対するうとましさが憎しみに変わって、彼の心の底からむらむらと湧き上がってくるのをどうすることも出来なかった。

「嬉しいわ、あなたの子供が産めるなんて——。こうなったら、子供のためにも早く奥さんと別れて、わたし達、結婚しましょうよ。この子は、わたし達を結んでくれる赤い糸なのよ」

ベッドに起き上がった悠子は、冷ややかに自分を見下ろす肇には気付きもしないように、満ち足りた笑いを浮かべた。

女とはどうしてこうも子供を産みたがるものなのだろう、肇にはその心理が分からなかった。それよりも、子供が出来たら当然男はその母親と結婚するものと決めてかかっているのが腹立たしい。晶子と離婚するのになにも心残りはないが、悠子と取り換えるなどとは毛頭考えられない。女と別れる時は常に冷静に立ち回る肇も、うかうかと女の計算に乗せられた口惜しさに、この時ばかりはつい本音を出してしまった。

「僕は女房と別れる積りはないよ」

にべもなく言い捨てると、

「そんな――」

期待に輝いていた悠子の顔が突然冷たく強ばった。

「わたしのお腹にはあなたの子供がいるのよ。こうなったらわたしと結婚しなきゃいけないわ。奥さんとはうまくいってないんだって、性格の相違だって言ってたじゃないの。生涯、君独りを愛するって言ったのは誰？　奥さんと別れる積りでわたしを誘惑したんじゃないの？」

「そりゃ君を誘惑したかもしれない。でも女房と別れて君と結婚すると約束した覚えはない。誘惑に乗ったのは、君だよ」

「そんな無責任な――」

悠子は毛布を頭から被ると大声で泣き出した。

泣きたければ勝手に泣くがいい、こうなったら手を切る積りの女に今更心にもない弁解や言い訳は無駄だ。先程の痴情の余韻も冷え切っている。肇は黙ってその声を聞きながらゆっくりとネクタイを締め、背広に腕を通した。悠子は毛布に顔を埋ずめ、なおもくどくどと肇の背信を責めたてていたが、彼がなにも言わないと分かると、不意に顔を上げて、

「別れたいのなら別れてやる。今までの甘い言葉はみんな嘘っぱちだったんだ。ただ遊ばれただけだったんだ。でも、わたしは本気だったのよ。あなたの奥さんになれると思ってたのに——。覚えてて。子供は意地でも絶対生むからね。男の子か女の子か分からないけど、その子がわたしの代わりにあなたに復讐してくれる——」

髪を振り乱し、鬼女のような形相になって泣き叫ぶ悠子の声を背に、肇はものも言わずにホテルの部屋を出た。

その足で実家に行った彼は、当時まだ健在であった母親に少しまとまった金を頼んだ。

「四十にもなったら、自分のしたことの後始末ぐらい、自分でするものですよ」

これが初めてでない女との別れ話に、母親は愚痴を言いながらも金を出してくれた。肇は翌日、デパートのネクタイ売り場に行って悠子に金を渡すと、ものを言う隙も与えず立ち去った。彼女がどんな表情をしていたか、一瞥すら与えなかった。

外地に行った肇は時々日本に帰ることはあっても、件のデパートには近寄らなかった。あの激しい気性の悠子のことだから、彼に会うために会社や住まいを探したかも知れない。だがそんな架空の所を探しても見付かる訳がないからその点では安心していた。

肇は悠子と別れて間もなく、彼女のこれまでの男性遍歴は結婚の願望のせいで、その都度男に去られてきたのではないかという考えが一瞬心の片隅をよぎったが、そんなものはいささかのこだわりも彼に与えなかった。そのうち彼女のことも、言葉どおり本当に赤ん坊を生んだかどうかも、記憶の中から抜け落ちてしまった。

肇は、自分がエゴイストだということは知っている。

以前、友人の篠崎秀人が、

「君には sein はあるが sollen がない」

と言ったことがある。

篠崎は寺の住職の息子で、中肉中背の骨っぽい身体に丸顔の童顔が会う人に純朴な温かみを与える。大学受験で番号が続いていたから、それ以来親しくなった。実家の寺が近郊であったため肇の家の近くに下宿した彼は、学校の帰りに寄ってよく夕食を食べていった。

知識欲旺盛で、すでに中学の頃からカントに傾倒していた篠崎は生活の全てにわたって謹厳実直な人間であったし、彼の話にカントが出ないことはない。肇も大学に入った当時は女に興味はあってもまだ無垢であったから、二人の間の話題といえば哲学や文学や、時には映画のことだけであった。

篠崎の下宿は朝食は出してくれるが弁当も作ってくれないし夕食も付いていない。昼食には学校の食堂か近所のラーメン屋に連れだって出掛ける。

下宿には典子という娘がいた。肇より少し齢上だろうか。彼が篠崎を訪ねて行くといそいそと出迎えてくれる。他の下宿人に客がきても茶を持っていく気配もないのに、肇が行くと必ず茶を淹れて持ってきてくれた。

下膨れの顔に整った目鼻立ちが愛らしく、均斉のとれだ身体に糊のきいたエプロンをきつく締め、きびきびとした動作が清潔で爽やかな感じを与える。高校時代は文芸部とバスケットボール部で活動していたし、三年生になれば受験もあったから、女の子に対して好奇心はあっても個人的に付き合うこともなかった肇は、典子の自分に対する態度をいつの間にか意識しないではいられなくなった。それは新鮮な驚き、とまどい、そして胸の奥に膨らむ痺れるようなときめきであった。やがてその意識は彼に始めて異性の魅力を教えてくれた。彼女が齢上だということは気にならなかった。いや、齢上だからこそ、成熟した女の色香は若い男をとりこにする。肇の気持ちは次第に彼女に惹かれていった。

夏休みに入る前の日曜日のことであった。肇は昼前に篠崎の下宿に行った。午前中なら典子は洗濯や掃除で必ず家にいることは分かっている。

「あら、篠崎さんは昨日から実家に帰って、今日は夜遅くでないと戻らないって言ってましたよ」

玄関に出てきた典子は嬉しそうに頬を染めながらも、気の毒げに肇を見上げた。

「ああそうでした。そんなこと言っていたの、うっかり忘れていました。お邪魔しました」

肇は子供っぽく首を竦めて帰りかけた。

篠崎が留守なのは分かっている。だからわざわざそこを狙って来たのだ。こういう芝居がよどみなく出ることに、彼は我ながら満足した。

「折角暑い中をいらしたのに、冷たい麦茶でも飲んで休んでいらしたらいいでしょ？」

いそいそと引き留める典子に、そう言われるのを待っていた肇は、どうしようか躊躇う風を装いながら彼女の後について食堂に入った。

日曜日のこととて学生は外出しているらしく、下宿は静かであった。狭い庭には不似合な大きい百日紅の木が、膨らんだ蕾を重たげに垂らしている。肇は麦茶を淹れる典子の手元を眺めながら耳を澄ませていた。母親の気配はない。

「お母さんは？」

「母は町内会の用とかで、出掛けてますの。間もなく帰ると思いますわ」

にっと唇をほころばせ眩しそうに目を細める典子を眺めながら、肇はこれから言い出す言葉を胸の中で繰り返していた。

父親が亡くなって、十年前から学生相手の下宿を始めたことや、昨年姉が結婚したあとは、母親と二人でこの仕事を続けていることなど他愛もない話を辛抱強く聞かされた後、ようやく話の途切れた時に、

「ところで、典子さんは、映画はお好きですか？」

肇は思い切って聞いてみた。

高校は男女共学であったから女性に口をきくのに物怖じはしないが、映画になど誘ったことのない彼はこれだけのことでも胸がどきどきする。

「ええ、好きですけど、なかなか暇がなくて、それに独りじゃどうも行きにくくて——」

「じゃあ、今度、一緒に行きませんか？」

肇はすかさず誘ってみた。

「あら、わたしなんかで、いいの？」

典子は目を輝かせて肇を見返した。彼はその眼差しに胸が熱くうずいたが、なにかあまりにも簡単にことが運んだのが拍子抜けの感じもした。

夏休みに入ると篠崎は実家に帰った。アルバイトでまだ下宿に残る学生はいたが、昼食や

夕食は出さないから典子は暇になる。約束の日、一緒に行くのは人目があるから有楽町の駅で落ち合った。

典子は襟元にレースをあしらった白いブラウスに大きな花柄のスカートという華やかな服装であった。肇は一目見るなりがっかりした。白いブラウスはまだいい。だがたっぷりギャザーを入れて膨らませた丸い袖は子供っぽくて彼女に似合わない。その上、スカートの花柄が大き過ぎて東京の街には不似合いだ。妹の俊子はまだ中学三年生であったが、身だしなみは控えめでこんなわざとらしい恰好をしたことはない。典子にしたら精一杯に着飾ったつもりだろうが、その野暮ったさは並んで歩くのも人目が気になる。エプロンをしゃきっと締めた清潔ないつもの典子の面影はまるでなく、慣れない借り着をした田舎者という感じだ。

幻滅を感じた肇は自然に口数が少なくなった。だが日比谷に向かう途中でも典子はそんな彼にお構いなく浮きうきとしているばかりか、映画館の中では坐り直す拍子に彼にもたれかからんばかりにする。そのたびに身体をずらすのがいとわしく、肇は気が滅入って映画どころではなくなった。

(やはり野に置け、レンゲソウだ)

家の近くの駅で典子と別れた肇はほっとした。

その後、夏休みで篠崎がいないことを幸い、肇は彼の下宿には行かなかった。

秋も深まり大学の銀杏並木も色づき始めた頃、

「今日は、僕の下宿に、寄っていかないか？」

篠崎が歯切れの悪い口調で言い出した。

「今日はやめとくよ。それより僕んとこに来ないか？」

「うん、行ってもいいけど、今日は早く帰るよ」

「なぜだ。なにか用があるのかい？」

「いや、べつに用はないけど、いつも夕飯をご馳走になるから、君のお母さんに申し訳ないもの」

「何だそんなことか。気にすることないよ。母は君が来てくれるのが嬉しいんだよ。それに妹も歓迎してるんだから――」

遠慮する篠崎を引っ張って家に連れてきた。その途中、

「典子さんがね、最近君が来ないから、どうしたんだろうって心配してたよ。もしかしたら、典子さんは君に気があるんじゃないのかなあ」

篠崎が重たげに口を開いた。その様子から、彼が典子に頼まれたのだと気付いた。だがそれにしてもこんな話を石部金吉の篠崎の口から聞くとは思いもよらなかった。

「まさか、学生相手の下宿の娘なんて、みんなあんなものだろう。あの人は誰にでも親切な

だけなのさ。君らしくない気の回し様じゃないか」

「いや、そんな、気を回したわけじゃないよ。なんとなく、ふっとそんな気がしただけだよ」

篠崎は顔を赤らめた。

「君でもそんな気の回しようをすることもあるんだね」

肇は屈託なげに笑った。

「典子さんはいい人だし、下宿も悪くないけど、やっぱり僕のとこの方が静かでいいと思うよ」

「うん、そう言われればそうだよな。下宿は二階の学生が友達を引っ張り込んでやかましいからな」

篠崎は素直に頷いたが、

「でも偶には僕の下宿にも来いよ」

篠崎はまだ典子のことが気になるらしい。

二年になった時、経済上の事情もあって篠崎は下宿を引き払い、少々遠くても実家から通学することになった。こうして肇は気兼ねなく典子と縁が切れた。

学生生活に慣れてくると、高校時代と違って肇の行動範囲は広くなる。

ある日、入学と同時に入ったバスケットボール部の先輩に誘われて、銀座のバーに連れていってもらった。初めてのことで興味と興奮で浮き立っていた肇は、次第に興ざめしてきた。職業柄、女達はみなきれいに着飾っているし、男の気持ちをそらさずもてなす術も心得ている。しかしその媚態が技巧的なのが鼻についてくる。その上、金持ちらしく場慣れた男達に混じっている無粋な学生をあしらう女達の態度に、金のない野暮な学生だとみくびる様子がちらちらと見える。肇は誘われても二度とバーには行かなかった。

しかし典子によって目覚めさせられた異性への関心は、急速に肇の生活を支配していった。もちろん、受験から解放された気分も手伝っていたと言える。男女共学だけに女子学生は周りに大勢いた。心惹かれる女性を口説くのはスリルと冒険がある。それに彼の場合、狙った女性を射落とすのに失敗することはあまりなかった。だがしばらく付き合うと飽きてしまう。そしてまた別の女性に目が移っていく。他に目移りするから現在の恋人に飽きるのか、相手に飽きるから他に目移りするのか、本人にも分かっていない。いつの間にか肇は、友人達の間でドン・ファンと噂されるようになった。

三年になった頃のことであった。

「君って、以前からこんなに女性にだらしがなかったのかい？　それとも異性に目覚めた青春の一過性の現象かい？　僕には、君は以前は真面目な人に見えたけどなあ。変わったね」

ある時、篠崎は言い難そうに話し出した。

「僕はちょっとも変わらないよ。昔からこんな女性崇拝者なんだよ」

「それが女性崇拝者かい？　ただ単に浮気なだけじゃないのかい？　自分の格律がいかなる場合でも同時に法則として、普遍性をもつような格律に従って行為すべきだとカントは言ったけど、君みたいに衝動に従ってたら駄目だよ。第一、女性の人格に対して侮辱行為だと思わないか？」

「侮辱だなんて――。僕は女性を侮辱したことはないし、無理強いしたこともない。彼女達も僕に好意を持ってくれたんだからお互いじゃないか。相手に興味が薄れるのも僕だけのせいとは思わないよ。ちょっと付き合えば、見掛けだけの女だと分かって気持ちが冷めるんだ。もっとも惚れっぽいのは僕の悪いところだとは自覚してるけどね。でも君だって、魅力的な女を見れば胸がときめかないかい？　僕はそれに抵抗出来なくて、ただ素直に自分の気持ちに従ってるだけなんだ」

「そんなのは素直と言うもんじゃない。精神が洗練されていないというだけだ。きれいな人を見たら男が胸をときめかすのは当たり前さ。だけど胸がときめいたからって人はすぐに行動に移さないよ。そのときめきを深く心の中で醸成させていって、自分の恋に確信を持って初めて行動に移すんだ。僕は君を見ていると、なにか危なげで黙っていられないんだよ。君は勉強も出来るし親切な人だし、バスケの部員にも好かれてるのに、女性に対してだけは無責任だというのが僕には理解出来ない」

篠崎は肩を落として肇を見詰めた。

「理屈は君の言う通りさ。結果からみて自分でもいいとは思ってないけど、これでも真面目な気持ちなんだ。相手に対するときめきを醸成させてる積りなんだ。一目見て、一瞬の間に心全体に炎が広がってしまうと、思考の入る余地がなくなるんだけど、その一瞬にとにかく熟成させてるんだよ」

「可笑しな理屈だなあ」

篠崎は呆れたようにまじまじと肇を見返したが、それからも攻撃の矛先をゆるめなかった。「君には sein はあるが sollen がない」と言ったのはその時だ。

篠崎には理屈で勝てないことは分かっているし、彼の言うことが常識的な考えであることも分かっている。だが花から花に飛びまわりたい無責任な軽い男心は、たとえ相手が親友の篠崎でも打ち明けられないものだ。それに、なによりも、他人に干渉されるのは愉快ではない。

卒業後、篠崎は教職に就き、肇は会社に勤めた。

まったく対照的な二人なのに、二人の仲は不思議に切れることはなかった。篠崎は卒業してからでも暇をみてはよく来ていたが、それから数年して妹の俊子が結婚した頃から次第に足が遠のいていった。そして彼も結婚した。だがその後も二人は互いに連絡しあって年に一、二回ほどは居酒屋で飲んでいた。

篠崎は退職後、仲間の数人と学習塾を開いた。その開設祝いに行って間もなく晶子に死に別れた肇は、その葬儀に来てくれた彼とそれ以来会っていない。

レコードの片付けをしている時、不意にベランダに叩きつける雨の音がした。

「とうとう降ってきたな」

肇はカーテンを開けると外を眺めた。

風も出て来たのか、ガラス戸に雨のしぶきが流れ落ちている。公園の中の街灯が雨にけぶって、大きな楠の梢が激しく揺れていた。肇は雨が吹き込まないようにガラス戸を細めに開けると、手だけ出して雨戸を閉めた。

(三)

これまでマンション住まいで庭を持たなかった肇は、今になって土いじりが楽しくなった。庭木や石に趣味を持つようになるのは老人の特徴の一つだと言った俊子の言葉を思い出しながらも、彼は庭仕事に精を出した。垣根のそばの椿や槿や躑躅はどれも育ちが悪く貧弱な木で、近所の家の庭木に比べると見劣りがする。といって借家だから勝手に庭の模様替えをするわけにもいかない。せめてすぐ処分出来る草花なりを植えようと、このところ雨が降らなければ庭に出て土を耕している。

公園では今日も老人達が楽しそうにゲートボールに興じていた。彼等の声を聞きながら肇は土を掘り起こし、苦土石灰を混ぜるのに余念がない。やがて長い時間しゃがんでいるのに疲れて立ち上がった。腰を伸ばし両手を上げてラジオ体操の真似事をしていると、

「いいお天気ですね」

不意に道から声を掛けられびっくりして振り向いた。ゲートボールでいつも采配を振っている男だ。近くで見ると肇よりは年配らしい。ボール遊びは終わったらしく、皆と連れ立って公園から出てきたところだ。

「はあ、いいお天気です」

肇は例によって如才なく相槌を打った。

「ご精が出ますなあ。もっとも梅雨に入ると、庭仕事も出来ませんから今のうちですよね」

男は垣根に近寄り、一段低い道から肇を見上げると、

「わたしは松野と申します。この町内の老人会をやっとります。以後お見しりおきを――」

軽く頭を下げる松野に、肇は慌てて挨拶を返した。

それ以来、肇と顔を合わせると松野は親しく話し掛けてくるようになった。

人との付き合いから逃げてきた肇だけに、どんな相手であろうと近所の人は敬遠したい。といって人にすげない態度がとれないから、ゲートボールの仲間が行き来する時間は決して庭に出ないことにした。

梅雨が明けたある日のこと、買い物の帰りに、向こうから来る松野に気が付いた。今日はゲートボールのない日だ。見通しのよい道だけに今さら逃げるわけにもいかない。

「やあ、買い物ですか。家事はみんなお独りでなさるんですか？　大変ですね」

肇の下げている買い物袋に目を止めて松野が尋ねた。二、三年前にはここの町内会長もしていたという松野はそれぞれの家の家族構成には通じているらしく、肇が言いもしないのに独り暮らしだと分かっているようだ。

「いや、慣れれば、なんとか間に合うものでして――。これで結構、気楽なものです」

また一くさり相槌を打たなければと諦めた肇は、殊更にこやかに言い返した。

「でも、独り暮らしというのは、気楽かもしれないが、淋しいものでしょう？」

まだ口をきき始めて日も浅いのに、何年来の付き合いのように打ち解けた口調の松野に一瞬返事にとまどったが、そこは慣れたもので、

「そういう人もいるかもしれませんが、誰にも干渉されない生活は、これではた目よりいいもんですよ」

肇は苦笑いを抑えて応えた。

独り暮らしより誰かがいる方が気が紛れて賑やかなことはある。そればかりか病気にでもなったら、独りでは心細いものだ。だがその分、相手に気を遣わなければならない。家にいる時の方が多くなった今、同居人と始終顔を合わせていなければならないというのは息が詰まる。と言って週に二、三度友人の会社に行く以外に出掛けるのも億劫だ。だが今更誰と同居しようというのだろう。若い時ならともかく、この齢になって慣れない相手に合わせていくのは気が疲れるものだ。肇のような身勝手な男でも、妻の晶子に少しは気を遣ってきたものだ。今になってまたそんな気遣いはご免だ。

「齢をとってから、独り暮らしで外にも出ないで、人とも付き合わないのはよくないですよ。どうです、ゲートボールでもしてみませんか？　子供の遊びみたいに見えますが、これでもやってみれば結構面白いもので、運動にもなるし、人との付き合いも広くなりますよ」

「はあ、みなさん、楽しそうにしてられるの拝見してますが、どうもこの齢になっても人見知りする性質で、退職してからは、古くからの友人との付き合いだけで、新しい付き合いを始めるのは面倒でして……」

「それが齢のせいなんですよ。そうやって引っ込んでしまうと、だんだんと出不精になって年寄り臭くなる」

松野は声を高めて言葉を続けた。

「あたらしく付き合いを始めるのは気苦労かもしれませんが、今までどおりの生活をしていれば脳が活性化しなくて、ますます老いていきますよ。郁岡さんはまだ若いんですし、この地域でいろいろやってくださることもあるでしょうし、今からそんなに年寄りじみたことではいけませんよ」

まるで弟に言い聞かすような気さくな松野に、

「そうかもしれませんが……」

肇は言葉を濁した。

彼はこの好人物に対して「小さな親切、大きなお世話」と言ってやりたかった。折角近所付き合いのわずらわしさから逃げてきたのに、いまさら新しい付き合いで気を腐らすこともない。第一、人の生活態度をどうのこうのと批判されるのは真っ平だ。しかしそんなことは気振りにも見せず、

「まあそのうち、考えてみましょう」

と愛想よく言って話を逸らせた。

新居を見たいと久し振りに篠崎から電話があって、肇は酒好きの彼のために朝から鳥の唐揚げの下拵えをしたり、サーモンのサラダを作ったり枝豆を茹でたりと忙しく働いた。出来上がった料理をテーブルに並べ、あとは寿司の出前を待つだけだ。

昼頃に篠崎はやって来た。

「本当に久し振りだなあ。すぐにここが分かったかい？」

肇はエプロン姿のまま彼を出迎えた。

「ああ、電話で君が説明してくれたから、迷わずに真っ直ぐ来られたよ。静かでいい所だね。この家もこじんまりして落ち着いてるし。公園があるのはいいね。それにしても、君のその恰好は板に付いてるよ」

篠崎は笑いながら靴を脱いだ。明かるい口調の割に今日の彼はどことなく顔色が良くない。

土用に近い陽射しはぎらぎらと窓ガラスから容赦なく射し込む。冷房を強めにしていても外の熱気が押し寄せて、窓にべったりとへばり付くばかりだ。ガラス戸越しに見える公園の桜や欅の葉が、暑さに耐えられないのか項垂れながらも、時折吹く風にものうげに揺れる。

家は案内して見せるほどの広さもない。それでも篠崎はものめずらしそうにあちこち眺めていた。

テーブルに付いた二人は早速ビールで乾杯した。

「よくこんないい家が見付かったねえ」

篠崎はハンカチを取り出し口元に付いたビールの泡を拭きながら言った。肇は引っ越しを決めた訳や家探しで毎日出歩いた話を聞かせた。そのうち、注文しておいた寿司が届いた。

「年金暮らしの君に、こんな散財をさせちゃ悪いよ。それでなくてもこんなにご馳走なのに……」

篠崎はビールのコップを置いて肩をすぼめた。

「なにを水臭いこと言うんだよ。そりゃあ年金暮らしだけど、友人の会社を手伝ってるから、小遣ぐらいはもらえるんだ。このぐらいのことは出来るから、いつでも暇があれば遠慮なく来てもらいたいよ。それまでにもっと料理の勉強してご馳走するよ」

肇は鷹揚に笑いながら篠崎を見返した。

「ああ、ありがとう。でも君って、そんな料理の趣味があったのかい？」

「いや、女房が亡くなるまでは、台所に入ったこともなかった。独りになって、必要に迫られてやってみると、これが面白いんだな。考えてみれば、料理人っていう人種はほとんど男じゃないか」

「そりゃそうだ」

言いながら篠崎は、器用にサーモンをレタスにくるんで口に放り込んだ。

「こうやって君と一緒にいると、なんとなく気持ちが落ち着くよ。不思議なもんだ。君と僕とは考え方も生き方も反対なのに、しばらく会わないと会いたくなる。考えてみると、君とは長い付き合いだったなあ」

篠崎はしみじみとした口調で呟いた。それにつられて、

「どうだい、塾はうまくいってるかい？」

肇はつい、気にかけていたことを口に出した。

「ああ、まあどうにか経営だけはやっていけるんだけどね。最近はどうも気持ちの張りが薄れていくようだ」

篠崎はコップをぐいと空けてテーブルにとんと置いた。

「これは絶望の始まりかもしれん」

「君のようなイデアリストにそんな言葉は似合わないよ」

肇は驚いて篠崎を見返した。

「君は昔から、生とか意志の自由とか理想とか、プラス志向でいたじゃないか。絶望なんて、それらの対極のもんじゃないのかい？　もっとも絶望したことのない僕がこんなこと言うのは可笑しいけどね」

「そりゃそうだ。女性以外には全て無関心な君だもんな」

篠崎はからかうように唇の端で笑った。

「言ってくれるねえ。大体、絶望するにはそれなりの感受性が必要だけど、どうも僕には持ち合わせがないらしい。もっとも今の時代、多少とも感性を持っていれば時代に絶望しているもんかもしれないけど、僕は人間を信頼してないし、社会に対しても、なんにも期待してない。君みたいに人間はかくあらねばならぬという考えもないから、どんな世の中になってても気にしないね。別に諦念からじゃないよ。昔、君が言ったね、僕にはSOLLENがないって。僕は生きている限りふわふわと漂って行くだけで、ドストエフスキーじゃないけど、世界なんて消えてなくなっても構わないけど、いつでもお茶がほしい時に飲めなきゃならないっていうだけの人間なんだよ」

肇は悪戯っぽく笑った。

「君は幾つになっても変わらないね。昔からそうだった。表皮は愛想がよくて、真皮はエゴイストで、そのまた奥に、決して人に見せない何かがある人間なんだよ。僕でも時々はっとすることがある。つまり腹の中の分からぬ男なのさ。それが不思議に人を引き付けるんだ。愛想のよさのうちには人間憎悪はないが、それだから人間侮蔑が有り余るぐらいあるって言ったのは確かニーチェじゃなかったかな。君は人間を侮蔑してるんだよ。こんなことが言えるのは僕ぐらいだろう」

「いや、僕は人間を侮蔑なんかしてないよ。関心がないだけさ。人なんて、どうだっていいんだ。人間を侮蔑するには人間を知らなければならないけど、僕は人間観察すら面倒なんだ。愛想が良く見えるのは自分を見せないためのカムフラージュ、鉄のカーテンなのさ」

「鉄のカーテンは大袈裟だよ」

篠崎は声をたてて笑い出したが、

「鉄でもレースでもかまわないが、それって、一種の偽善かい？」

真面目ともからかいともつかぬ目付きを肇に向けた。

「偽善だっていいだろう？　人間なんて、大概偽善者なんだよ。偽悪者ぶってる人に限って、偽善を人一倍意識してるもんさ。偽善とは、悪徳が美徳に対して捧げる賛辞だってラ・ロシュフコーが言ったけど、偽りのない美徳なんて、人間は持ち合わせていないよ」

肇は投げやりに言い放つと、ふと口調を変えた。

「平凡な人間は、自分をさらけ出して見せる勇気がない。それに、自分の薄っぺらな人格を心得ていればいるだけ、何かを奥底に持っているように思わせたいもんだ。人に見透かされないようにね。でもそんな人間にも、もしかしたら何かあるかもしれない。まあ人のことはどうでもいい。僕の心は自分で眺めても、いつも霧がかかって朦朧としてるだけさ」

「じゃあ、その霧を払い除けてみたらどうだい？」

真面目な顔に戻った篠崎は、肇の目の奥を覗き込むように見詰めた。

「それを払い除けられればね。でも今更払い除けてみて、どうしようというんだ。本当言えば、自分の裏側をひっぺ返して見る勇気がないのかもしれないし、そんな苦労をしてみる好奇心もないんだよ。それに、もしひっぺ返してみて、そこに灰色の空洞しかなかったら、ぞっとするじゃないか。まあ僕のことはおいといて、君みたいな人が絶望しそうだって、なにかあったのかい？」

「そうなんだよ」

篠崎はテーブルに肘を付いて身を乗り出した。

「現職の時だって、現在の教育のあり方について苦労したもんだ。上からは教育委員会、下からはＰＴＡ、学校教育というのはえてして知識の切り売りに陥り易いもんだ。三木清は、どのような教科書でも何等か功利的に出来てるって。そんな教科書だけを勉強してきた人間は、そのことだけからでも功利主義になってしまうって言った。これは戦前の話だけど、現在はもっと功利主義者で溢れてるんだよ。それに、あまりにも豊かな物質文明の中で育った子供の精神は脆弱なんだ。僕が塾を開いたのは、もっと個性のある、全人教育をしたかったんだよ」

篠崎はテーブルに肘を付けたまま頭を抱えた。

「でも現実は甘くないね。父兄の中には、塾は受験のためのものだと考えてる人がいる。勿論そんな塾もあるだろうけど、受験勉強をさせてくれないのなら通わす意味がないって塾をやめていく者がいるんだ」

篠崎は顔を上げると、胸に滞っているなにかを飲み込むようにぐっとビールをあおった。

「でも、君の遣り方に賛同してる子供達や父兄もいるんだろう？　僕みたいな者がこんなこと言うのは可笑しいけど、そんな考えばかりではないだろう。最近はあちこちで教育のあり方を考える新しい動きも出てきてるらしいじゃないか。もっと気を長く持たなければ駄目だよ」

「そりゃ理屈はそうだし、一人一人話し合えば分かる人もある。だけど所詮、教育の競争原理に貫かれてる現代だ。いざとなると受験が優先する。時代の流れに乗り遅れたくないのさ。自分の子供を少しでもいい学校に入れて、いい就職口に付いてもらいたいというのが全てに優先するらしい。進歩ってものは化け物だよ。科学はすごいスピードで進歩するのに、人間の精神は置いてきぼりだ。現代の病弊だね」

篠崎は大きく息を吐くと音をたてて坐り直した。

「そんなことで心を傷めたって、もうどうしようもない。所詮、蟷螂の斧さ。僕みたいにどうでもいい不感症な人間ばかりごろごろしてるんから、世の中、どうにもならないよ」

肇は、幾つになっても純粋さを持ち続けている篠崎の、いくらか痩せた顔を眺めながら、なんとか慰めてやりたい気持ちに駆られた。

「自分に与える高い価値は、行為によるのではなく、心意によって決定するってカントも言ってるじゃないか。どんな世の中になろうと、君がカントの理想主義を忘れはしないと思うけどな」

「忘れはしないけど、僕はまだまだ駄目だなあ。結果に焦り過ぎてるんだなあ」

篠崎は溜息まじりに言い返した。それから急に何を思い付いたのか、

「それはそうと、俊子さんは元気にしてるかい？」

口調を変えて話を続けた。

「君の奥さんの告別式の時、ちらっと見ただけだけど、ちっとも変ってないね。いつまでもきれいだ」

「もういいばあさんだよ。時々ふらっと来る。二、三日前にも来たんだ。女房が死んでから、どうやら僕の安否確認のつもりで来るんだろうけど、それなら電話で済むことなのに――」

肇は苦笑しながらビールをついだ。

「いい妹さんじゃないか。やさしくて無邪気な人だった。学生時代、君のとこに遊びに行って、お母さんも一緒に入ってくれてよくトランプをしたもんだったよな。覚えてるかい？　俊子さんは素直だから、顔付からすぐ手の札が分かるんだ。僕はあの人にポーカーフェイスを教えたんだけど、今考えれば人の悪いことを教えたもんだと気が咎めるよ」

篠崎は悪戯を白状する子供のように赤くなって首を竦めた。

「いや、逆にそれが大人になってからの実生活に役立ったのかもしれないよ。そうだ、今度三人で飯でも食べに行かないか」

「ああ――」

篠崎は弾かれたように息を飲んだが、すぐ、

「やめとこう。会うのは、なんだかこわいよ」

口ごもりながら俯いた。

「？」

肇は、未だに童顔の残る篠崎のはにかんだような顔を訝しく眺めたが、問い質すほどの興味も感じなかった。

不意に、公園から蟬の鳴き声が聞こえてきた。

「蟬か――。こんな近くで鳴くんだね」

篠崎はめずらしそうにガラス戸の外を眺めた。

「ああ、この間から鳴き出したよ」

肇もつられて外を見た。

「もう少しすると蜩も鳴き出すだろうな。懐かしいなあ。子供の頃に蟬取りをして、よく親父に叱られたよ」

篠崎は目を細めて言葉を続けた。

「寺の庫裏の狭い屋根裏が僕の勉強部屋だったんだ。その小さな窓から、裏の林で鳴く蟬の声がよく聞こえたもんだ。ミンミンや蜩やツクツク法師や賑やかだった。今僕の住んでる団地では聞けないけど、蟬の声には不思議と郷愁がある。僕なんか田舎で育ったから、蟬の声と一緒に子供時代の思い出が重なるんだね」

「いいねえ。蟬っていえば、田舎の親類のとこへ遊びに行った時しか記憶がないからな。それだって、たいして印象に残っていない」

肇は記憶をまさぐりながら蟬の声に耳を傾けていたが、ふと視線を篠崎に戻して、

「この間のことだ。庭で、親指ほどの穴が幾つか開いてるのを見付けたよ。あの穴から蟬はこの世に出てくるんだね。何年も真っ暗な地底で過ごしたのに、どうして道に迷わずに出てこられるんだろうと感心するよ。そこへいくと人間なんて、明かるい太陽の下で生活してい

ながらしょっちゅう道に迷いっぱなしだ。もっとも道なんかあるとしたらの話だけどね」

「人間と昆虫とを比較するなよ。昆虫は本能だけで生きてるんだから――」

篠崎が当たり前だと言わんばかりに口を挟んだ。

「そうだ。昆虫の本能はすごい。僕は蟬の穴を見て翻然と悟ったね。ベルクソンは、人間の社会と昆虫の社会は生物進化の両極端を占めていると言ったけど、そうじゃない。本能と理性は対極にあるんじゃなくて、理性は本能から派生したと言うか分化したというか、理性の根源は本能だと気が付いたんだよ。人間の本能は動物と同じに種の保存と個体の保存だ。でも強い肉食動物と違って獲物を狩る武器を身に持ってない弱い人間は、食物を得るためにも外敵から身を守るためにも、道具を考えなければならない。そのためには二本の足で立たなければならなかったんだよ。生きるという本能が促したんだ」

肇はちょっと言葉を切って息を整えた。

「これはエラン・ヴィタル、生の躍動だ。それから気の遠くなるような時をかけて理性が発達してきたんじゃないのかい？　形而上学も君のカントの理性も、元を正せば本能だ」

彼は篠崎の目の奥まで覗き込むと、思い切りにやっと笑って見せた。

「それが、君の哲学かい？」

篠崎は呆れたように肩をしゃくった。

それから二人は学生時代の思い出や友人の噂話に興じ、篠崎が帰ったのは夕方近くであった。

(四)

七月の最後の土曜日のこと、公園は朝早くから賑やかであった。窓から見ると、大勢の人が屋台を並べたり櫓を組んだりしている。

(そうか、明日は町内の夏祭りなんだ)

夏祭りがあるということは回覧板で知っていたし、あちこちの家の塀にそのポスターが貼ってあるのも目にしていた。しかし地域のことに関心のない肇は、それがいつかは気にもしていなかった。

櫓は工務店に、張り巡らす提灯は電気屋に頼むのだろうが、テント張りなどは町内の男達が引き受けているらしい。掛け声をあげてテントを広げている人達を、自分とは全く異次元の世界の生き物のように眺めていた肇は、涼しいうちに買い物をしようと外に出た。

買い物袋をぶら下げ公園の角に差し掛かった時、横道から小さな女の子が飛び出してきた。女の子は角で立ち止まって左右を眺めたかと思うと、また飛び跳ねるように走り出した。幼稚園にはまだ行っていない齢だろう。ジーパンに青い格子のシャツがいかにも活発そうに見える。その動作のあどけなさに、肇は思わず頬をゆるめた。

女の子は公園の入り口に来ると、

「おじいちゃーん」

と声を張り上げた。甘ったるく弾んだ声であった。

「やあ、サッちゃんか。どうしたんだい？」

夏祭りの準備をしている人達の中から出て来たのは松野であった。

「お客さんがいらして待ってます。すぐ帰ってください」

サッちゃんと言われた子供は教えられたのだろう、切り口上で松野に答えた。

「そうかそうか。サッちゃんは独りで来たのかい？」

松野は目を細めて女の子を抱き上げた。

「ううん。ママと。ママー」

女の子は松野の腕の中で身をのけぞらせて振り返った。

「サッちゃん、道を渡る時はよく気を付けるようにって、言っといたでしょう」

言いながら一人の女性が小走りにやって来た。

「ちゃんと見たよ。ね、おじいちゃん――」

サッちゃんは松野の肩に手を回してその胸に凭れた。

「ああ、ちゃんと見ましたよ。サッちゃんはお利口さんですからね。さあ、帰ろうね」

松野は女の子を抱いたまま、そばにいる男性に中座する断りを言って歩き出した。道路を行き来する人の陰になっている肇には気が付かないらしい。肇は何気なく女性の方を振り向いた。公園の向かい側で立っている彼女はその横顔しか見えない。だが一目見た肇は、思わず息を飲んだ。

襟ぐりを大きく開けたノースリーブのワンピースを着た女性は長い髪を束ねたままの無造作な様子であったが、叢の中に一本の大輪の赤い花を見付けたような目も眩むばかりの華やかさがあった。こんな街の片隅にこんな素晴らしい女性がいたとは——、肇は久し振りに味わう胸のときめきに息が詰まりそうになった。

三人は肩を並べて歩いて行く。肇は松野に見付からないよう足早にその場を去った。

翌日は朝から快晴であった。屋台に品物を並べたり拡声器の試験をしたり、いつもは静かな公園も賑やかだ。それも昼前になると準備が終わったらしく係りの人を残してあたりは静かになった。

肇は朝起きてから落ち着かなかった。今日の夏祭りには、この街の世話役のような松野は必ず来る。あの女性もサッちゃんを連れて来るに違いない。早く祭りが始まればよい。横顔を垣間見ただけで生じたこの激しい心の動揺は、もう一度会わなければおさまるすべがなかった。彼は少年に返ったような血のざわめきを抑え、テレビを見たり掃除をしたりして、じりじりしながら時間の経つのを待った。

午後四時になった。子供会やＮＰＯの仲間達や老人会や近くの中学校のＰＴＡが出している模擬店が始まる時間だ。ガラス戸越しに見ていると、客はちらほらと来るだけでまだ賑わうほどではない。そんな暇な店を物珍しげに歩くのは人の好奇心を誘うだけだろうし、顔見知りの人もないだけに気の詰まるものだ。サッちゃんを連れてあの女が早く来てくれればいいが、それまでに数軒の店を見てしまえば後は時間の過ごしようがない。

肇はさっきから幾度となくガラス戸越しに公園を眺めて、サッちゃんの姿を探していた。もう行こうかもう行こうかと逸る気持ちを無理に抑えているのは、以前女を待っていた時の焦燥と熱い快感を思い出す。

公園は次第に賑やかになってきた。拡声器から音楽が流れる中を、暮れる前の一際明かるい輝きが木々の濃い緑を浮き出している。そのうち、張り巡らせた電燈に灯が点って、公園は祭りの高揚した気分に満たされることだろう。

しばらくして、力強い太鼓の音が聞こえてきた。踊りが始まる合図だ。

（もう行ってもいいだろう）

肇は鏡の前で浴衣の衿を直すと、わざとゆっくり表に出た、夏の日は暮れるのが遅いが、それでも外に出るとあたりの木立にも家々の屋根にも夕暮れの眩しい輝きが照り映えていた。昼間の蒸し暑さは和らぎ始め風が爽やかだ。

公園に行くと、踊りは始まっていた。揃いの浴衣を着た女性群が慣れた様子で踊っている中に、シャツ姿の男性やワンピースを着た女性達が前の人を真似て踊っている。肇は踊りを眺めている振りをしながら例の女性を探した。踊りの輪を囲んで見物している大勢の中に混じっていれば、誰の目にも怪しまれる恐れはない。

櫓の上ではとりどりの浴衣を着た女の子が真剣な様子で踊っている。肇はその中にサッちゃんを探したが、皆サッちゃんより大きいようだ。彼は櫓から視線を移し、それとなく周りを見回した。だが大抵の女の子が浴衣を着ている中で昨日のジーパン姿とは違うサッちゃんを見分けるのは難しい。それでも彼は根気よくあたりに目を配っていた。

一曲が終わると、櫓の上の子供達は降りてきた。肇はその場を離れて屋台の方に歩いて行ってみた。

その時、公園の入り口に、サッちゃんに手を引っ張られるようにして昨日の女性が現れた。肇は、思わず手を胸に押し付けてあたりを見回した。高鳴るときめきが人に聞こえはせぬかと憚られる。こんな昂ぶる気持ちは何年振りだろう。退職して生活も変わり、交際範囲も狭くなってから、いつとはなしに女性関係も縁遠くなってしまったのに、若い時にも増して瑞々しい情熱が蘇る。

二曲目が始まった。櫓の下で太鼓を敲いているのは松野だ。前の人と交替したのだろう。Tシャツにズボンという恰好の上に紺と白の半被を着ている。この半被姿は夏祭りの実行委員の印らしい。同じ姿の男女があちこち動き廻っている。豆絞りの手拭で捩じり鉢巻きをして威勢よく太鼓を敲いている松野の姿が微笑ましかった。

サッちゃんに手を引っ張られるまま、女性は輪の中に入って踊りはじめた。

紺色の麻の葉模様の浴衣に銀鼠色の帯を締めた古風な姿から溢れるばかりの色気が発散している。地味な装いだが大柄なだけに却って覆い隠せない風情が艶めかしい。昨日はただちらと横顔しか見られなかったが、今は踊り見物でゆっくりと眺めることが出来る。

昨日は束ねただけの無造作な髪型であったのに、今日はアップに結い大きな櫛でとめていた。肇の前を通る度に、襟足の後れ毛が踊りの動きにつれて震えているのが見えて、苦しいほど胸が疼く。鼻筋の通ったふくよかな顔立ちに大きな目、ぽってりとした肉感的な唇が引き締まった小麦色の肌に似合って、どこか南国的な魅力がある。

(誰かに似ているな)

肇はふとそんな気がしたが、それが誰かは思い出せなかった。

女性の前にいるサッちゃんは履き慣れない下駄で踊るのが難しいのか、時々躓きそうになりながら後ろのママに身体を支えてもらっている。そのたびに可笑しそうに肩を竦めて笑う様子が、肇にはなぜか胸の痛くなるような感動を覚えさせた。

一曲が終わると、サッちゃんはママの手を引いて屋台の方に歩いて行った。手作りの品や焼き鳥などの屋台の奥には綿菓子や子供向きの遊ぶ店が並んでいる。

肇もそちらの方に歩きかけた時、

「やあいらしてたんですか。どうです。盛会でしょう？」

不意に声を掛けられた。松野だ。太鼓は次の人に替わるのだろう。見付けられた後ろめたさに狼狽えたものの、そこは顔色を変えるような肇ではない。

「ええ、皆さん楽しそうで。ここまでなさるのは大変でしたでしょうね。それに太鼓はお上手でした。随分練習なさったことでしょう」

「いやあ、一夜漬けですよ。昨年までは太鼓を借りるのと一緒に敲く人も来てもらってたんですが、今年からはこちらでやろうというので、皆で練習したんですよ。だがどうもいまいちリズムが合わなくてね」

「太鼓に合わせて踊ってくれるのではなくて、踊りに合わせなければならないんでしょうからね」

肇は気持ちがせくものの、いくらか落ち着きを取り戻して軽口をきいた。

「まあ、そういうところもあるかもしれませんね。しかしそれもこんな町内の祭りの面白さでしょうな」

松野は楽しそうな笑いを浮かべ、はずした鉢巻の手拭で額の汗をぬぐった。

「いやご立派なものです。それにここの町内の方達は皆さん、地域の活動に積極的で、松野さんのような指導者がいられるから、団結力があるんでしょうね」

肇は、上気して若返ったような松野の顔を眺めながら、いつもの調子でお世辞を言った。

「あはは、そう言って頂くと恐縮です。我々老人はただの手伝いですよ。主力は自治会の役員です。だが役員ってものは毎年交替ですから、夏祭りは初めての人もいるわけで、そこは古顔が手伝うというだけです」

「でもそういう未経験の人をまとめるのは、やはり松野さんの人徳によるのではないですか」

「いやあ、そう買い被ってもらっては恥ずかしい」

松野は遠慮深げに笑った。それから急に声を落とすと、

「自治会の役員というのは年齢がばらばらで考え方も違うし、一年だけやって役が終わればもうそんな活動に無関心な人もいますしね。老人会にしたってもそれぞれ温度差がありま

す。これで一つにまとめるのも苦労ですよ。だがそれだけに頭も気も遣いますから、呆け防止にはなるでしょうな」

次の踊りが始まり太鼓の音で松野の声は聞き取り難い。こんな打ち明け話を付き合いの浅い自分にする松野の真意を測りかねて、さすがの肇も相槌を打つのに困った。

「ま、そんな話はおいといて、どうです、屋台でビールでも飲みませんか。焼き鳥もありますよ」

「ああ、いいですね」

ほっとした肇は躊躇することなく松野についていった。こうして彼のそばにいれば、独りでうろうろするよりは確実にサッちゃんに会える。二人がビールを飲み焼き鳥を頬張っていると、

「おじいちゃん――」

向こうのテントの陰から声がする。案の定サッちゃんの方から来てくれた、肇は火照る顔を隠すように勢いよくそちらを見た。

女はサッちゃんと手を繋ぎ、人の群れを掻き分けるようにしてこちらに歩いて来る。サッちゃんはもう一方の手に綿菓子の棒を握り、

「サッちゃんも、食べたい――」

言いながら、慣れない下駄でもどかしそうに近寄った。

「やあ、サッちゃん。綿菓子と一緒に焼き鳥を食べるのかい？」

松野が顔をほころばせてからかうと、

「あ、ママ、これ持ってて」

サッちゃんはすかさず綿菓子をママに渡し、松野のそばににじり寄って両手を差し出した。松野は笑いながらその手に焼き鳥を持たせた。

近くで見る女の豊満な魅力に、肇は息をするのも苦しくなる。香水の香りか化粧品の香りか、焼き鳥のにおいの中にも一際ただよう匂いが、彼の感覚を麻痺させる。サッちゃんは焼き鳥を早速食べ始めた。

「おいしいかい？」

松野がかがんでサッちゃんの顔を覗くと、

「うん――」

自分の期待に反した味であったのか、気乗りのしない返事をしながらも真面目な顔で噛みしめている様子が愛くるしい。松野は横にいる肇を女に紹介してくれた。

「よろしくお願いします」

緊張して挨拶する肇を見返す彼女の大きな目が眩しい。彼は思わず目を逸らせた。もっと

言いたいものが胸にこみあげているのに、松野の前ではいつもの物馴れた言葉が出てこない。その時、

「松野さん、連合の会長が会いたいって探してましたよ」

揃いの半被を来た男が声を掛けながら走って来た。

「はいはい、今行きます」

松野は残っているビールを一息にあおると、あとはよろしくと言わんばかりに手を振って行ってしまった。

松野がいなくなると、肇はやっと肩の力を抜いた。しかしこんな騒々しい所で、しかもサッちゃんのいる前では、いくら女に慣れた彼でもいつものようにすらすらと言葉が出てこない。自分が年甲斐もなく硬くなつていることさえ気付かない。彼は黙って美味しくもない焼き鳥をビールで流し込んでいた。しばらくして、

「サッちゃんって言うんですか。可愛い名前ですね」

黙っているのも気詰りになって肇は口を開いた。

「ええさつきって言うんです。五月に生まれましたから」

女もほっとしたように肩を落として応えた。

「さつきさんか。さわやかな、いい名ですね」

肇は口元に笑いを浮かべてサッちゃんを眺めた。

サッちゃんは焼き鳥の一片を飲み込んでから、ちょっと考え込むように首をかしげていたが、決心したらしく次のに取り掛かった。そのあいだにも子供連れの女性が何人も立ち止まって女に声を掛けて行く。彼女はその度にとりとめもない話の相手になっていた。肇の目はどうしてもサッちゃんに注がれることになる。

「サッちゃん、串を口の中に入れたら危ないよ。横にして、おじさんみたいにして食べるんだよ」

肇は串を横にして歯で引っ張って見せた。さっきからそばに立っている肇が気になっていたのか、サッちゃんは食べながら、警戒するような値踏みするような視線をちらちらと彼に投げかけていたが、黙って言われる通りに串を横にした。

「あら、済みません。気が付かなくて――」

女は顔を赤らめて肇を見返した。その素直な様子に、

「いかがですか、ビールは」

肇の口がようやく軽くなった。

「いいえ、わたしは飲めませんの」

彼女ははにかんだように唇の片端を上げて微笑みながら彼を見返した。この笑い方は誰か

に似ている、肇はちらとそんなことを考えたが、成熟した女のふくよかな色香に圧倒されて考えの焦点が定まらない。

なにも言わなくていい、こうしてそばにいるだけでいい、肇は手にしている焼き鳥が少なくなっていくのが惜しかった。そのうち焼き鳥に飽きたのか、

「ママ、もういらない――」

サッちゃんは言いながら食べ残した串をママに渡した。その唇の両端に焼き鳥のたれが口髭のように付いている。肇が袂のティシュを出しそっと拭き取ると、サッちゃんはびっくりしたように大きく頭を振った。

「あ、いやだ、またご面倒をお掛けして――」

女が慌てて手提げ袋をまさぐるのを見て、

「大丈夫ですよ。ほら、きれいになりました」

肇はさりげなく汚れたティシュを袂に入れた。

焼き鳥と取り換えた綿菓子をしゃぶるサッちゃんは満足そうだ。

焼き鳥もビールもなくなったのに、いつまでもここにいるのは具合が悪い。肇が心残りを断ち切ってこの場を離れようとした時、

「ママー」

綿菓子をママに渡しながら、サッちゃんが絞り出すような声をあげた。

「あのねー」

言いながら肇を盗み見ている。

「どうかしたの？」

ママはサッちゃんの上にかがんだ。その耳に、

「おしっこー」

声を低めた積りだろうが、よく通る子供の声は太鼓と踊りと見物人の騒音の中でもはっきりと肇に聞こえた。

祭りに参加している人達のために、道を挟んだ中学校が校庭にある手洗いを解放している。しかし薄暗くなって人気のない校庭は気味悪いのだろう、ママが慌てて、

「だから出掛けにしておこうと言ったじゃないの。しょうがない。おうちに帰ろう」

言いながらサッちゃんの手を取った。頷いたサッちゃんの顔色は悪く、もぞもぞと腰を動かしている。松野の家がどこにあるか知らないが、この歩きにくい下駄では間に会わないかもしれない。肇は咄嗟に、

「わたしの家はすぐそこですから、使ってください」

「それではご迷惑ですわ。家へ帰りますから――」

女は慌ただしくサッちゃんを促して歩き始めた。

「遠慮なさることはありません。独り暮らしで取り散らかしてありますが――」

言うなり、いきなりサッちゃんを抱き上げて大股に歩き出した。その拍子に下駄が片方落ちてしまった。

「あ、そんな……」

女がなにか言い掛けたが、肇は足をゆるめない。彼女は諦めたのか、下駄を拾うと小走りについて来た。

抱き上げられたサッちゃんはびっくりしたように肇の腕の中でもがいたが、自分の生理的要求の方が強いのだろう、すぐ彼の腕の中でおとなしく身を縮めてしまった。

「具合でも悪くなったんですか？」

人々の間を縫って急ぐ肇と女に、受付のそばにいた男性が心配そうに声をかけたが返事をする余裕もない。

サッちゃんを下ろして鍵を開けるのももどかしく玄関に入った。

「済みません。ご面倒をお掛けして……」

小さくなって入ってきた女に手洗いの場所を教えてから、肇は玄関の外に出た。

思いがけず降って湧いた成行きに、さすがの彼もすぐに自分を取り戻せなかった。一目見るだけでいいと思っていたのが、話が出来たばかりか、たとえ手洗いでも自分の家に連れて来ることになった。

公園の上に張り巡らされた提灯の明かりも、その光を受けて浮き出ている木の葉も、太鼓の音もざわめく人の群れも幻のように遠くへ霞んで、腕に残るサッちゃんの柔らかく温かい感触だけが生々しく感じられる。

不意に、昔のことを思い出した。妹の俊子がサッちゃんぐらいの頃であったろうか、連れて歩いていた俊子が転んだ拍子に膝を擦り剝いて泣き出したので、負ぶって帰ったことがあった。二人だけでどうして歩いていたのかその前後の記憶はないのに、俊子を負ぶったことだけが不思議にはっきりと記憶に残っている。小学校の低学年であった肇にとって俊子の身体はずしりと重かった。だがその弾力のある柔らかいぬくもりが彼の背中から染み通って、たまらなくいとしく、いつまでもこうしていたいと思ったものだ。

玄関の戸が開いた。肇は現実に立ちかえった。

「どうも有難うございました。お蔭で助かりました」

出て来た女は深々と頭を下げた。

「いや、きたない所で、却って申し訳なかったです」

思い出から覚めた肇の目に、女の顔は眩しかった。

「サッちゃん、おじさんに、ありがとうって言いなさい」

女がサッちゃんの帯の歪んだのを直しながら言うと、

「うん、おじちゃん、ありがとう」

サッちゃんははにかんだように肇を見上げた。

「どういたしまして。いつでも使っていいですよ」

「うん」

血の気の戻ったサッちゃんの頬が、門灯の明かりを受けて花びらのように輝いていた。

三人は公園に戻った。サッちゃんは女から渡された綿菓子をしゃぶっている。綿菓子はもうかなり細くなっていた。女がなにも言わないので肇も言い出す言葉が浮かばない。いや、言いたいことが胸の底からたぎっているのに、それが喉につかえて言葉にならないのだ。

女性に対してこんなに気後れがするのは初めてだ。今までは頭で考えるより先に言葉が出るのに、今度ばかりは自分で自分がもどかしくなる。

この女の夫というのはどんな人だろう。肇はそれまで相手が人妻だろうが子持ちであろうが、斟酌したことはなかった。ましてその夫がどんな男なのか考えたこともない。問題は恋の相手だけであって、その女の背景の生活に関心を持ったことはなかった。ぎごちない沈黙を破りようもなく公園に戻ると、

「ああ絵美、どこへ行ってたんだ。急に居なくなって心配してたんだよ」

人を掻き分けて松野が駆け寄ってきた。

「ごめんなさい。サッちゃんがおしっこって言うんで、この方の所でお借りしたんです」

「それはご面倒をお掛けしまして、有難うございました」

松野は慇懃に頭を下げた。

「いや、そんな堅苦しい。すぐ目の前なんですから、いつでもお使いください」

妙に緊張した沈黙が破れてほっとしながらも、女と連れ立っているところを見られたことが肇を狼狽えさせた。

「この中学のトイレは、なんだか女子供には気味悪いですからね。助かりました。サッちゃん、ちゃんとありがとうって言いましたか？」

松野は言いながらサッちゃんを抱き上げた。

「うん、言ったよ。ね、ママ」

サッちゃんは食べ終わった綿菓子の棒を女に渡しながら晴れやかに笑った。

肇は別れる潮時だと思った。ずっと一緒にいたいのは山々だが、いつまでもそばにいるのは松野の手前も憚られる。肇は未練を振り切ると、

「じゃ、わたしはこれで。サッちゃん、おしっこしたくなったらいつでもおいで。おじさん

は家にいるから――」

ことさら爽やかな口調で言った。

「うん。バイバイ」

松野の胸にもたれていたサッちゃんは身を起こし、笑いながら手を振った。


その夜、遅い夕飯を済ませてから、肇はぼんやりとソファーに坐っていた。

あの女はエミというのか。いい名前だ。どんな字を書くのだろう。もっと一緒にいたかった。いやこの世が終わるまで片時も離れたくないぐらいだ。あの邪魔な松野が現れなければ、夏祭りが終わるまでそばにいられたかもしれない。はにかみながら肇を見返す彼女の濡れた眼差しがまざまざと瞼の裏に浮かぶ。今まで女に対して、こんな激しい熱情を抱いたことがあっただろうか。彼は大きな溜息をつくとソファーに横になった。

自分の年齢を考えたわけではない。女を口説き落とす自惚れが消えたわけでもない。ただこの狭い地域で下心を持ってエミに近付くのは容易でないことが彼を苛立たせる。今までは、喫茶店の女だろうが店の売り子だろうが、女の背後にあるものを気にしはしなかった。女性に惹かれたら盲目的と言えるほど後先考えずに行動をおこしたものだ。それは浮気の場と自分の生活の場とが重ならないから出来たからで、今度ばかりは事情が違う。

この街は狭過ぎる。誰に対してもいい子ぶりたい肇は、自分に好意を持っているらしい松野に憎まれたくはない。そればかりか、自分にずしりと身を預けたサッちゃんの弾力のある温かい身体の重みが、彼の欲情を妨げるのだ。まだ腕に残っているその感触が不思議に懐かしく、それを犯す勇気がどうしても湧いてこない。

それから二、三日してからのことであった。

洗濯物を干しに外へ出た肇は、公園から子供の甲高い楽しげな声を耳にして思わずそちらに目をやった。

(サッちゃんじゃないか?)

これまでは子供の声なんか気にしたこともなかったのに、今では女の子の声を聞く度にサッちゃんではないかと伸び上がって見てしまう。

ゲートボールや盆踊りをする広場の向こうにはブランコや滑り台が置いてある。目を凝らして見ると、今の声はまぎれもなくサッちゃんだ。肇は洗濯物を竿に半分掛けた手を休めて眺めた。サッちゃんは滑っては階段を上がり、滑ってはまた階段を上がりして繰り返している。滑り降りるたびに張り上げる声が夏の朝の乾いた空気を震わせて響く。エミは滑り台の横に立っていた。しばらくしてサッちゃんは滑り台をやめてブランコの方へ走って行った。

ここからは棒の陰になってブランコはよく見えない。ようやく手にしている洗濯物に気付いた肇は、独り苦笑を洩らしながら干し終えた。

偶然散歩をしている振りをして行ってみようかと考えた。だがいつもの行動的な肇らしくなく物怖じがして足が動かない。ブランコが上がる度に、サッちゃんを抱いて乗っているエミの姿がちらりと見える。彼は胸の疼くのを抑えて見守るしかなかった。

偶々与えられたこんな機会にしかエミを見ることが出来ないのだろうか。町内会に入った時にもらったこの地域の世帯地図を調べれば松野の家は分かるが、用もないのにそのあたりを歩くのは気が咎める。とつおいつ考えていた肇の頭に、不意に名案がひらめいた。

（そうだ、将を射んと欲せばまず馬を射よというが、この際ゲートボールに入ろう）

それは時間のかかる回り道であった。だがそれ以外に彼女に近付く道が思い当たらないのだから仕方がない。しかしそこで彼ははたと困った。これまで松野から何度となくゲートボールに誘われたのに、いつも曖昧な返事で逃げていたのを思い出したのだ。それが今になって急にこちらから入りたいと申し込むのは、自分の下心を勘繰られる恐れがある。ここは根気よく相手からもう一度誘ってくれるのを待つしかない。結論が出ると、肇はブランコの方に心を残しながら家に入った。

それからというもの、彼はゲートボールの終わる頃を見計らって買い物に出ることにした。だがこちらの思惑どおりにことは運ばない。松野は肇と行き会うと親しく話し掛けてくれるが、これまで何度となく誘いを断ってきたせいか、しつこくは言い出せないのだろう、おいそれとは誘ってくれない。それに、ゲートボールの日に必ず会うのは不自然な印象を与えるから、日を置いて偶然を装わなければならない。ここは根気と技術がいる。

八月も終わりに近づくと朝晩は涼しくなった。空の色も雲の形も、肌に触れる風の感触もどことなく変わってきた。夏休みに入ってしばらくは中学から聞こえてきていたブラスバンドの音も、このところ耳にしない。門の横の槿の淡いピンクの花だけが夏の終わりを惜しむかように華やかに咲き誇っていた。

そんなある日、ゲートボールが終わって公園を出てきた松野に、

「皆さん、若々しくて、楽しそうですね」

とうとうしびれを切らして肇の方から水を掛けた。

「そうですよ。みんなゲートボールが好きでね、週三回が待ちきれないし、止める人もいませんよ。どうです、郎岡さんもこの街に慣れたでしょうし、そろそろゲートボールをやってみませんか？」

「そうですねえ」

やっと誘ってくれた、ほっとした内心は顔にも出さず、肇は考え込むように首をかしげて

見せた。

「第一健康にいい。第二に、くだらないことでも他人と話をするというのは呆け防止にもなる。これから涼しくなりますから丁度いいですよ。とりあえず道具はお貸ししますから——」

松野はこの機を外さずもう一押ししようとばかり、語気に力を入れてゲートボールの面白さを述べ立てた。

「そうですね、こうやって引っ込んでいるのも身体に良くないですよね。じゃあ、お言葉に甘えて、やってみましょうか」

いかにも相手の誘いに乗った振りをしながら、肇はさり気なく言い返した。

（五）

公園の欅や桜の葉が次第に艶を失い、涼風がそれらの葉の間を流れていく。空の色も日一日と深さを増し、大気に染み入るような紺碧に変わっていった。篠崎から来たいという電話をもらって肇は朝から忙しかった。このあたりの店では手に入らないので、前日に街中のデパートで買い整えておいた材料で勉強したばかりのご馳走を作った。ブイアベースは温めるだけにし、パエリアは篠崎が来てから火を入れるだけにしておいた。あとはいつものサラダやおつまみだ。

篠崎は約束の時間通りにやって来た。

「すごいご馳走だなあ。これみんな君のお手製かい？」

篠崎はテーブルの上を眺めて目を見張った。

「そうだよ。見直したかい？　暇だから料理の本を見ながらやってるんだ。それはそうと、この間に比べて元気そうじゃないか。なにか心境の変化かい？」

「まあそういうところかもしれないね。話はゆっくり聞いてもらうよ」

「そうだ。早速乾杯といこう」

肇はビールを注ぐとコップ越しに篠崎の顔を眺めた。

「この間は顔色も悪くて元気がなかったけど、絶望はもう治ったらしいね」

「いや、すっかり治りはしないよ。しかし君の言う通り、絶望するのは、希望や期待があったからだと気が付いたのさ。そんなものが初めから無かったら、君みたいに絶望することはないだろうよ。だから僕はそれを取り戻したんだ。まだまだそれにしがみ付く気力があるんだ。だから蘇られるんだ」

篠崎は目を輝かせて肇を見返した。

「いい傾向だね。羨ましいよ。僕にはそんな意志なんかない。僕にとっては世界どころか自分の生存にも意味はないんだからな。ただ全ては一瞬一瞬目の前に現れては消えていく、仮象に過ぎないから――」

「昔から君はそんなところのある男だったよ。少しも変わらない。いや、かえってだんだん人間疎外が強まってきてるみたいな気がする。君は、かくあるべしと考えたことはないだろう？　君は、生きんとする盲目の意志に従ってるだけだったもんな」

篠崎は飲み干したコップを、音をたててテーブルに置いた。

「ショーペンハウエルみたいなこと言うなよ」

肇は苦笑しながら睨む真似をしたが、篠崎からはいつも聞き慣れた言葉だけに気に留めることもなかった。

「生まれたから生きてるだけなんだから、なにか注文を付けられる謂れはないと思ってるよ」

肇はブイアベースを飲みこんで言葉を続けた。

「君には悪いけど、今の世の中、カントの意志の自由なんて、空疎な概念に過ぎん。カントが活躍したのは、フリードリッヒ大王の治世、ドイツ啓蒙主義の全盛期の自由な雰囲気の中だったし、フランス革命もあった。啓蒙時代は人間の知性に絶大な信頼が置けた時代だ。未来に対して理想が持てたし、自由な意志も信じられたんだ。それにドイツはイギリスに比べて後進国だったから、彼は産業革命や資本主義の発達によるそのひずみもまだ知らなかった。世界がどんどん変貌して、科学文明が精神文明をこんなに引き離してしまうとは想像も出来なかっただろうよ。思想は時代を超越すべからずだ」

「だからこそ、我々は今、人間精神を取り戻さなきゃならないんじゃないか」

篠崎は顎を突き出して肇の言葉を遮った。

「君の言う通り、現代は技術至上主義の時代だ。その流れに乗り遅れまいとすれば、何も考えない方が楽なんだ。そうすれば黙ってても時代が人間を運んでいってくれるからな。そしてそんな国民は、体制にとって一番管理しやすい存在なんだ。今度マイナンバー制が出来て、やがて心の内までも国家や資本に徹底的に管理されるようになったら、人間の自由な意志なんてものは、確かに死語になってしまうかもしれないね」

一気に話した篠崎は言葉を切ると、唇の端に溜まった唾を指の先で拭いた。

「まあそんなに悲憤慷慨するなよ。死語になるって？　そもそも自由なんて、そんなものがこの世にあるかい？　我に自由を与えよ、しからずんば死を与えよって言った人がいたけど、仮に完全な自由を得たとしたら、その人間は孤独と不安に耐えられなくなって自殺するしかないだろうよ。見渡す限り雲一つ、樹一本もなく、動くものもない広い野っぱらに独りで立ってたら、恐ろしくなって逃げだしたくなるようなものさ。抑圧だろうと束縛だろうと、独り立ち出来ない弱い人間にとっては寄りかかれる安全な壁じゃないのかい？　大体、自由とか理想とか平等とか、実体のないただの空虚な概念に過ぎないんだ。そんなことより、折角のブイアベースが冷えるよ」

肇は、呆れたように自分を眺めている篠崎に笑いながら言葉を続けた。

「君は幾つになっても若くて、情熱家だね。国家がコンピューター化によって大衆の世論を操作したかったら、させとけばいいじゃないか。それも安心してもたれかかれる支えなんだから——。主体性が喪失しようが個人のプライバシイが侵害されようが、現代の日本人の大半はそれを批判しないように訓練されてるんだ。大体日本人の民族性として、自分の意志決定を権威に任す傾向がある」

「じゃあ、君はどうなんだ？　日本人は主体性がないって批判するけど、君も実際は権威に任せっぱなしにして手を拱いて見ているだけで、結果は主体性のない人間と同じじゃないのかい？　無関心っていうのは、一種の悪徳だと思うよ」

篠崎はブイアベースを一口飲んだものの、スプーンを手に持ったまま強ばった目で肇を見据えた。

「君から見れば無関心は悪徳かもしれないけど、さっきも言ったように、僕はただ生まれたから自分の好きなように生きてるだけさ。無関心は主体性のないということじゃないよ。結果として体制に迎合すると言うのなら、それでもいいじゃないか。どちらにしても僕にとってはどうでもいいことだもの。僕は、なにに対しても背を向けてるだけなんだ。国家だろうが社会だろうが、なんの理念も持ってないから――」

肇は屈託なく笑い返した。

「そういう人間が体制にとって一番管理し易い存在なんだよ」

篠崎は口を尖らせて遮ったがすぐ口調を和らげると、

「以前は、君だって、理想や自由を口にしてたじゃないか。今みたいに極端な人間不信じゃなかったよ。もっともその頃からそんな気は少しはあったけど……」

もの思わしげな様子で皿の中の海老をつまみ上げた。

「そりゃ学生時代は誰でもそんな言葉を振り回してみたくなるものさ。でもそんな若気のメッキはすぐ剝げる。多分、僕は本性いい加減でどうでもいい人間なんだよ。ただ、背を向けたからって、体制に迎合してるわけじゃないよ」

「そりゃそうだろう。でも、腹の中で何を考えていようと、背を向けた人間は結局は何にも反抗しない。でも、無批判に順応してるだけの人間は、目覚めた時には、体制に対して大きな抵抗力に変わる可能性がある。君の無関心は社会に対して、無責任だと思う」

「なぜ、僕が社会にたいして責任をとらなきゃならないんだよ。生まれたから生きてるだけなんだから、自分の生き方を誰にもとやかくいわれたくない」

肇は思わずむっとして言い返した。今日の篠崎には妙に棘を感じる。

「そう不機嫌になるなよ。君と僕との長い付き合いだから忌憚なく言わせてもらうけど、君も実は管理されてるんじゃないかい？　人間嫌いの君が人に対しては愛想がいいのは、共同体意識に培われた日本人の民族性の習癖が無意識に出てしまうんじゃないのかい？　その生活中心主義は長い歴史の中で日本人の血肉になってるから、それを引き剝がすことは出来ない。人に良く思われたいという、他人の判断が気になるのは、管理されてる一つの形態だと思う」

「今までそんな話、言ったことなかったじゃないか。君はずっと僕をそんな風に見てたのかい？」

肇は冷静を装って篠崎を見返したが、自然に頰がこわばってくるのをどうしようもなかった。

「いや、昔は君という人が分からなかった。それに以前の君は、今ほど人間不信と言うか蔑視と言うか、こんなに極端な考えを持っていなかったよ。人当たりが良くて親切で仕事は真面目だし、ただ浮気っぽいのが玉に瑕だけど、なんとなく摑みどころがないのが不思議と魅力があった。それともなにか、心境の変化をおこすことでもあったのかい？」

「いや、別にないよ」

学生時代と変わらぬ実直な篠崎の語調に、肇はいつもの落ち着きを少し取り戻した。

「今の世の中、どちらを向いても物質万能だ。人間の存在だとか精神だとか、そんなものは蹴散らしていく。ある人間は宇宙に行くのに、一方では空も星も見上げないで、地面に這いずり回って殺し合いをしてる。プリニウスはすでに、人間の禍はたいてい仲間の人間から来る、ライオンは彼等同士では闘うことはしないって言った。ローレンツも、牙とか爪とか身に強力な武器を持っている動物は喧嘩しても相手を殺さない、動物を武装させた進化の過程はその抑制も発達させてきた、ところが自身で武器を持たない人間は自分の作った武器の使い方を知らないって。つまり人間は徹底的に相手をやっつける兎と同じ、抑制のきかない生き物なんだよ」

肇は言葉を切って大きく息をつくと、話を続けた。

「宇宙の構造がどうだろうとニュートリノに質量があろうとなかろうと、それで人間の幸福が増すわけでもない。虚しいものじゃないか。真面に今の時代と向き合っていれば生きていけないよ」

「君は感受性が強いんだ――」

篠崎は不意にテーブルに身を乗り出した。

「君は背を向けてるって言うけど、本当は人間を愛してるんだ、それも、絶望的にね」

「好意的と言うか、いささか大げさだよ」

断言するような篠崎の口調に苦笑を洩らしながら、肇はブイアベースの海老を剥いた。篠崎もそれにならって海老の殻を剥き始めた。

「僕はそんなに大した人間じゃない。買い被るなよ。ただいい加減に生きてるだけさ」

肇は殻を剥きながら独り言のように呟いた。

「どんなにじたばたしたところで、歴史の方向を変えることは出来ないし、時代の動きを止められるもんじゃない。一体歴史なんて、誰が動かしてるんだろうね。僕の叔父の話だけど、叔父は中学の時に動員で軍需工場に働いていて、敗戦になった。それまでの軍国主義の教育が、一夜にして民主主義の教育に変わってしまったのさ。ところが、目も眩むような当時の戦後民主主義は、東西の冷戦や朝鮮戦争のお蔭で瞬く間に終焉したんだそうだ。でもその解放された戦後民主主義の洗礼を受けた叔父はそれ以来、色々な運動に携わってきた。こんな話、今まで一度もしたことはなかったよね」

言葉を切った肇は、つと立ち上がって炊きあがったパエリアを持ってきた。

「どうだ、うまく出来ただろう」

「すごいなあ。君は何をしても器用にこなす人なんだね」

鍋から立ちのぼる豊かな魚介類のにおいを、篠崎は驚嘆の眼差しをこめて吸い込んだ。

「さあ、温かいうちに食べてくれよ。味はいいと思うよ」

肇は器用にパエリアを皿に盛りながら話を続けた。

「叔父は単独講和や安保条約反対運動ばかりか、組合や市民運動から憲法問題、その上地域の色んな活動にも関わってきた。だけどそれで世の中が少しでも良くなったかい？　走り出した車輪を止めるのは恐怖政治ぐらいの大きな力がなければならないだろう。叔父は数年前に亡くなったけど、最後の息の下で、自分の人生が徒労だったと思わなかっただろうか」

「いや、思わなかっただろう。自分の信念に従って生きてきたんだ。自分の生きている間になしとげられなくても、自分の後に付いて来る人を、未来を信じていたんだ」

篠崎はすかさず強い語調で言い返した。

「さあどうかなあ。もちろん付いてくる人はいるだろう。でもそれは大勢を動かすだけの力にはならないだろうよ。目の前に危険が迫らなければ、大衆は体制に順応しているのが一番楽なんだ。第一、自分で考えなくていい。それに日本人は経験的な現実主義者だから、なにをするにも共同体の意識が優先する。どうだ、旨いだろう」

肇は鼻をうごめかせて聞いた。篠崎は口いっぱいにほおばったまま満足そうに頷いた。

「僕の現在の関心事は、料理なんだ。自分の好きなように旨いものを作る。食べて好きな音楽を聴いて、本を読んで、それで僕の人生は終わりなんだ。どうせ大した人生じゃない。じたばたしたところで所詮空回りさ。どうあがいたって、世の中、良くなるもんじゃないからな」

「君のペシミズムはよく分かったよ。人間に対する愛情の裏返し、逆説だということもね。それで、こんな所に引き籠って、世間から隔離してるという訳なんだね。ここでは誰とも付き合わないのかい？」

早々と一杯目のパエリアを食べ終えた篠崎は、二杯目をよそいながら聞いた。

「ああ、そこなんだよ。世間から逃げてきたのに、どういう訳か僕に親しくしてくれる人が出来てね、今ここの老人会のゲートボールに入ってるんだよ」

「え、君が——。もちろん学生時代にバスケをやってたんだし、勤めの時はゴルフもしてたんだからゲートボールぐらいは簡単だろうけど、どんな心境の変化なんだ？」

「それが、あまり、いい動機からじゃないんだ」

言い淀んだ肇は、思わず俯いてしまった。

「ははん、例によって、また恋をしたんじゃないのか？」

篠崎はスプーンを持ったままにやりと笑った。

「どうして……、分かるかい？」

「君とは半世紀近くの付き合いだよ。そんなことぐらい分からん訳ないよ。話し給えよ。回春剤のかわりだ」

篠崎の口調は本気とも冗談ともつかない。こうなったら話をはぐらかす訳にもいかないし、かといってエミのことはたとえ篠崎にでも軽々しく口にしたくもなかった。肇が心を決めかねて躊躇っていると、

「あっ」

篠崎が床の上に視線を向けた。

「今、その床の上をなにかが飛んでいった。鳥かな」

「ああ、そうだろう。時々鳥が影を落としていく」

話題が逸れてほっとした肇は床に目をやった。だがもうその時にはそこになんの影もなかった。

「いいなあ。僕のとこの団地でも鳥は見掛けるけど、部屋の中を影がかすめていくなんて、やっぱりここはいい」

「それだけ田舎なんだよ。こんな狭い庭にも、いろんな鳥が来るよ。鳥や雀だけじゃない。鶫も目白も四十雀も、椋鳥もやって来る」

「え、君はいつの間に野鳥について勉強したんだい？」

「勉強したんじゃないよ。飛んでくる小鳥を見て、なんとなく興味を持って、図鑑を買ってきて、これだろうなと見当をつけてるだけさ」

先程の圧し付けられた気分から解放された肇は、すっかり軽やかな口調になった。

「小鳥というのは、見てて楽しいもんだよ。野生だから警戒心は強い。僕が戸を開けると、慌てて逃げていく。こちらに害意はないのに、その慌てぶりが可愛いんだ。無心で、人間みたいに欲もない。ただ与えられた命を楽しんでいるだけだ。もっともそう思うのは人間から見たまでのことで、鳥にとっては餌を探す苦労の毎日かもしれないけどね」

肇は立ち上がって、本箱から図鑑を持ってきた。

「随分立派な図鑑だねえ」

篠崎は厚い図鑑を両手に受け取ると、膝の上にのせてしばらく見ていたが、

「ところでさっきの話に戻るけど、人間から逃げて隠棲する積りが恋にとりつかれたいきさつ、話してくれよ」

図鑑をテーブルに置いた篠崎は、好奇心をあらわにして肇を見守った。

肇はすぐに言葉が出なかった。せっかく話が変わってやれやれと思っていたのに、こうなってははぐらかしようがない。迂闊にも篠崎のさそいに乗ってしまった自分がうらめしい。エミのことだけは胸の中にそっとしまっておきたかった。所詮相手は、叶わぬ人妻なの

だ。肇は俯いてパエリアの鍋の焦げ付きをこすっていた。篠崎はそれ以上問い質すこともなく手酌でビールをついでいる。妙に間の悪い気詰りな沈黙があたりに漂った。

「その女はエミって言うんだ。まだ三十にはならないだろう」

しばらくして、肇はやっと重い口を開いた。

「やっぱりね。今日、君の顔を見た途端、恋してるなとすぐ分かったよ。この間とは違って若々しくなってた。それに、今迄の君にはないなにか初々しさがある。それにしても、随分若いじゃないか」

「ヘーゲルは二十歳も若い女性と結婚したし、ゲーテは七十を過ぎてから十八歳の少女に恋をした。こんな人達と自分を比べるのは烏滸《おこ》がましいが、恋については万人同じじゃないかい？」

「それはそうかもしれないけど、それで付き合ってるのかい？」

篠崎はスプーンを置くと、勢いよく椅子を引き寄せた。

「いや、それが今までのような調子にはいかない。なにしろ狭い所だし、それだけじゃなく、どうも気後れがするんだよ。エミに対する気持ちに比べれば、今までの女に対する気持ちなんて、軽いお遊びに過ぎなかったと気が付いた。まるで少年に返ったみたいな純粋さで、ただ見てるだけでいいんだよ。もっともそれだけしか出来ないのは、もどかしいけどね」

「すごい惚れ込みようだね。どんな女性か興味がある」

「そんなに冷やかすなよ」

苦笑いしながら肇は立て続けにビールをあおった。篠崎は空になった肇のコップを満たしながら、

「ゲートボールに関係があるのかい？」

真面目な顔で聞いてきた。

「そうなんだよ」

「ここまできたら隠すことないじゃないか。洗いざらい話してみろよ」

「そうだなあ――」

相手の視線を外すまいと見詰める篠崎に、肇は仕方なくゲートボールをしている松野と知り合ったこと、夏祭りにその娘のエミやサッちゃんとも顔馴染になった経緯を話した。

「じゃあ、その人は亭主持ちじゃないか――」

篠崎は非難とも憐みともつかぬ眼差しで見返した。

「そうらしい。今迄の僕なら、亭主持ちだろうと子持ちだろうと、気にしたことはなかったけど、今度ばかりはどうしようもない。松野って人は実に好人物なんだ。その娘に言い寄るのは結果がどうであれ、ここで住みづらくなるのは目に見えてる。住みづらくなったってい

いんだけど、それだけじゃないんだ。サッちゃんの手前があるんだ。三つぐらいの女の子で、可愛いんだよ。子供なんて、気にしたこともなかったのに、その子が僕の行動を禁じるんだ。周りのものを全て破壊しても手に入れたい独占欲と、そっと見守っていたいという、父親のような気持ちとが不思議に交錯して、金縛りってとこさ」

肇は唇をまげて低く笑った。

「そうだったのか。だけどそういう抑制がきいてる限り、君も少しはモラルを持ってるらしいね。ところで、そのエミさんって人、俊子さんに似てるかい？」

「さあ——」

ふいに俊子のことを言われて、肇はびっくりした。

「なんでそのエミと俊子と関係があるんだい」

「なんとなくそう思ったのさ」

曖昧に言葉を切った篠崎は、ちょっと言い淀んだものの一呼吸してから話を続けた。

「僕が昔俊子さんにプロポーズしたの、聞いただろ？」

「えー」

またまた思い掛けない話に、肇は唖然として篠崎を見返した。

「あっさりと断られたけどね。この話、俊子さんから聞いてないのかい？　そうか、自分が断ったと分かったら、君と僕の間にこだわりが出来ると思ったんだろうな。そういうところは俊子さんらしくやさしいよ」

篠崎は肇から視線を逸らすと、なにか遠いものを見るように目を細めた。

「学生の頃、よく君のとこにお邪魔してご馳走になったよね。その頃、俊子さんはまだ中学生だった。素直で可愛くて、君のとこへ行くたびに想いが増していったものさ。でも僕はじっと待ってた。そして俊子さんが大学を卒業した時、プロポーズしたんだ。あれは俊子さんの卒業祝いに皆で食事をしに行った時だった。ホテルを出てタクシーを待ってる間、なぜか俊子さんと僕と二人きりになって、思い切ってプロポーズしたんだ」

篠崎は目を伏せると、ナプキンで口を拭いた。

「そんな所で野暮な話だが、俊子さんのそばにはいつも君がいたから、どうも言い出せなくてね」

照れ笑いを見せた篠崎はすぐ口調をもとに戻した。

「信頼できるお友達でいましょうって言われた。その時、お友達なら篠崎さん、恋人ならお兄さんって笑って言ったんだよ。俊子さんはなんの気なしに口にしたんだろうとその時は思ったけど、あれは俊子さんの本心だったんだね。前々から僕は、君達兄妹の仲の良さが羨ましかった。まるで恋人同士みたいに見えた。男兄弟の中で育った僕は、兄と妹とはそんなに睦まじいものだろうと思ってた。そのくせ君達兄妹は、なにかの拍子に妙によそよそしく他人行儀になることがある。見てて戸惑うぐらいだった。ずっと後になって気が付いたんだよ。あれは自分の気持ちを不意に意識して、慌てて避けるんじゃないかって――。俊子さんの男性の原型は君で、君の女性の原型は俊子さんなんだってことに思い至ったんだ」

「――」

肇は思わずスプーンを落としそうになった。なにか言い返さなければいけないと思いながら、余りに不意のことに、思い切り頭を殴られたような衝撃に言葉が浮かんでこない。彼は乾いた目で篠崎を見詰めるだけであった。しばらくして、

「君はそう言うけど、俊子は学校を出ると、さっさと自分の選んだ男と結婚したよ」

ようやく歯の間から乾いた言葉を押し出した。

「そりゃそうだよ。女性というものは現実的だからな」

篠崎は翳りのある声でふふっと笑ったが、そのまま抑揚のない語調で話を続けた。

「男は変にロマンティストだから、俊子さんに対する気持ちをいつまでも消し去ることが出来ないんじゃないのかい？」

思い切って口にしたと言わんばかりにごくりと喉を鳴らして唾を飲み込んだ。肇は思わず顔を背けた。しかし表情を崩すまいと顔を強ばらせながら、ゆっくりパエリアを口に運んだ。

ガラス戸から射し込む陽射しはいつの間にか部屋の奥の方に動いている。部屋の中には皿にスプーンの触れる音しか聞こえない。逃げたくとも逃げようもなく押し付けてくる重い空気の中で、二人は黙って食事を続けた。

しばらくして、沈黙に耐え切れなくなったのか篠崎が口を開いた。

「男ってものは程度の差こそあれ、誰でもエディプスコンプレックスを持ってるもんだ。男だけでなく、女も含めて人間の最初の対象選択は、常に近親相姦的だとフロイトは言ったけど、これは自然なんだ。でもそこから人間の情緒は発達して対象が他人に向かうもんなんだけど、君のはその幼児期に固定されたまま大人になったんじゃないかと思うよ」

相手の反応を待つように篠崎は言葉を切ったが、すぐに話を続けた。

「近親相姦がいつ頃からタブーになったのか知らないけど、未開の人種の間にもこのタブーがある。同じトーテムの者同士は結婚できないとか、中国でも同姓不婚と言われてる。このタブーは多分人類が共同生活を始めた頃からあったんだろう。でもこの近親相姦への欲望は抑圧されて生き続けたんじゃないだろうか。神話で兄妹が結婚するのは、古代の人間が自分達の潜在的な願望を神々に託したのだと考えられなくもないよね。もっとも神として支配したエジプトやインカの王は別だけどね」

篠崎は記憶を探るようにちょっと息をついた。

「日本では、木梨軽皇子が同母妹の衣通姫との相姦で流されたと言われてる。太古の昔から人類の意識の底に根付いてるタブーだからこそ、君は俊子さんへの気持ちから逃げなければならなかった」

「君はずっとそんな偏見で僕達を見てたのかい？」

肇は強ばったままの眼差しで冷やかに相手を遮った。

「いや。最近、精神分析に凝りだしてね。そしてふと、君は大人になりきれない人かもしれないと思ったのさ。君の女癖の悪いのも、求めてはいけないものを求めている無意識の願望の裏返しじゃなかったろうかってね。君にとって女達は俊子さんの代用だったんだってね。でも代用品はあくまでも代用品に過ぎん。俊子さんの代わりにはなれんのだよ」

篠崎は言葉を切ると、残っているブイアベースをすくいだした。それを見て、

「もう冷えてしまったよ」

肇は鍋を持って台所に行った。

「悪かったな、嫌なことを言ってしまった。でも、僕の心の底に今も消えない俊子さんの面影を思うと、君の気持ちが痛いほど分かるんだ。同病相憐れむというわけさ。不愉快かもしれないけど、これは死ぬまでに一度は君に言っておきたかったことなんだ」

篠崎は淋しそうに笑った。

「それにしても、君が俊子にプロポーズしたとは知らなかった」

肇は鍋を温めながら押し殺した声で呟いた。

「僕の生涯で唯一度の恋だった」

篠崎は独り言のように低い声になった。

「断られた時は死にたくなったほどだよ。長いあいだ温めてきた気持ちだったものな。でも立ち直った。生き方の違う君と離れられなかったのは、君の後ろに俊子さんの面影があったからかもしれない。でも僕は求められない人の代わりを漁りはしなかったよ。今でも大事に温めてるよ。そこが君と違うところだけど……」

篠崎は言いながら立ちあがって台所にやって来た。

「僕は俊子さんに初めて会った時、なにか運命的な出会いを感じたけど、君は俊子さんが生まれてから運命の呪縛にかかったままだったんだ。性格は人間にとって運命だとヘラクレイトスは言ったけど、逆もまた真なりだよ。その運命が君の性格や思想を作ったんだよ」

「先入観で人を決めつけるのは、教師の悪い癖だよ」

それまでなにを言われても我慢していた肇は、つい腹立たしい口調になってしまった。

「済まなかった。言い過ぎたよ」

篠崎は頭を掻いたが、肇はなにも言い返さなかった。

それからの二人の会話はぎごちなく、無理に合わそうとすればするほど妙に擦れ違っていった。やがて食事を終えた篠崎はそそくさと帰って行った。

篠崎が帰った後、肇は後片付けをする気にもならず食器をそのままにしてソファーに横になった。

（運命かー）

目を閉じた肇は、汚れた束子で思い切り心臓のあたりをこすられたような、みじめでやりきれない痛みを感じていた。だがやがてその網膜の中に、懐かしくいとしい記憶が形もおぼろげに浮かび上がってきた。

それは肇が幼稚園に行っている頃のある夏の日のことであった。夕方、外から帰って縁側から上がった肇の前に、ようやく歩き始めた俊子が素っ裸で風呂から飛び出してきた。何も着ていないのが気持ちよいのか、肇を見て楽しそうに両手をぱちぱち叩いた。むいた茹卵そっくりのつるんと艶やかなお腹の、可愛いお臍の下の方になにか切れ目のようなものが見えるだけだ。あっと思った時は、慌てて浴室から出て来た母が俊子をバスタオルでくるんでしまった。

肇は物心ついてから、両親と風呂に入ったことはない。父はいつも帰りがおそかったせいか、幼い頃は同居していた祖父に入れてもらっていた。祖父は風呂に入る時、必ず腰にタオルを巻いていたから、肇もその真似をしてタオルを巻いたものだ。そのタオルの中が自分と俊子と違うなどと考えもしなかった。

目の前に初めて見る茹卵の強烈な印象は、その後も薄れることはなかった。肇は、そのことについて母にはなにも言わなかった。それは子供心にも羞恥であったのだろうか。口にしてはいけない禁忌を本能的に感じたからだろうか。だがタオルで俊子を包んだその時の母の慌てぶりが、見てはならないものを見てしまったのだということだけは分かっていた。

その衝撃は激しかった、そして甘くやさしかった。それだけに生涯誰にも言わず、封印したまま墓まで持っていく積りであったのに、篠崎はそれを無残に引き剝がして見せた。これは俊子に対する冒瀆だ。いや、自分に対しても冒瀆だ。

恋心というにはあまりにもあどけなく、どう表現してよいのか分からない。言葉というものは不自由なものだ。ただ慕わしく、憧れとでも言ったらよいのだろうか。それは言葉で表してしまうと忽ち消え去るほど美しい。

いつもより飲むピッチが早かったとはいえ、あのぐらいのビールで酔う篠崎ではない。水面の波紋が広がっていくように、彼の投げた波紋がじわじわと心の隅まで広がり、その下から、長年心を許していた友人に対する憎しみが、おぞましくもあらわに浮かび上がってくる。

（自己顕示欲のかたまり、いやなペダンティスト野郎だ）

肇は舌打ちするとソファーに坐り直した。

西に向いた小窓から射し込む陽光が次第に赤みを帯びてくる。それを見るともなく眺めているうちに、篠崎があぁも執拗にタブーのことを言い募ったのは俊子への潜在的な復讐心のせいなのではないかと思った。それに気が付くと、肇は声を出してせせら笑った。これで少しは気持ちが軽くなった。

彼は勢いよく立ち上がると、レコードを掛けた。

このレコードは、晶子の遺品の中に入っていたのを残しておいたものの一枚だ。ベートーヴェンを思わせる逞しいアクセントをもった第一主題のあとに、いかにもシューベルトらしい叙情的な第二主題が続く。終楽章の、長大な第二主題に次いで第一と第二主題が再現し、第一主題による終結で曲が終わると、肇はほっと肩の力を抜いた。

シューベルトの遺作といわれる三曲のピアノソナタの中で、この九五八番のレコードを今まで晶子と一緒に聴いたことがなかったのに、今初めて気が付いた。

彼は不意に、晶子の遺品の中にこの曲の楽譜があったことを思い出した。それは長年使いこんだらしく紙の端が毛羽立っていた。その時はなにも気にしないで処分してしまったが、彼女が肇の前でこの曲を弾いたことはなかったのだ。あんなに擦れるほど楽譜を使いながら、なぜ肇の前では一度も弾かなかったのだろう。晶子の気持ちが今になって彼をうろたえさせる。彼女のことはなんでも分かっていると思っていた。しかしそうではなかった。妻の心など覗いてみる関心もなかっただけだ。弾きこなせないのを恥ずかしがったのではないだろう。〈さすらい人幻想曲〉を弾いてくれた時も、

「終楽章が難しくて、うまく出来ないの」

ピアノの蓋を閉めながら顔を赤らめていたほどだから、この演奏会向きとも言える長大なソナタをうまく弾きこなせないからといって弾かなかったのではない。肇の前では弾きたくなかったのだ。この曲は誰のためのものではない、自分独りの、夫をさえ拒絶する、彼女だけの世界であったのだ。裏切られながらも愛し続けずにはいられなかった虚しく激しい情念を、この曲に溶解させていたのかもしれない。今となっては聞き質すことも出来ない晶子の謎にとまどいながら彼はソファーに横になった。

俄かに不確かな姿になって晶子は遠くへ去っていった。自分の掌の中にいると思っていたものは、掴みようのない、自分勝手に作り上げた影に過ぎなかったのだ。肇は目を閉じた。その網膜に、心を閉ざしたまま逝った晶子の面影が浮かぶ。それは不意に心の底にぽっかり口を開けた暗い深淵でもあった。傷付いた心は、持ち続けるには重過ぎる。彼はそれから目を逸らすと、思い切り大きく伸びをした。

（六）

秋の長雨がやっと上がったものの、地面が濡れているから今日のゲートボールはまたお休みだ。肇はガラス戸ごしに薄日の射す空を眺めながら、次の試合の日は天気が良く地面も乾いているようにと祈らずにはいられない。それから気を取り直して溜まっていた洗濯を始めた。

三日後のゲートボールの日、待ちかねていた肇はいそいそと公園に行った。

桜や欅の葉が雨に落とされたのか木々が痩せて見える。公園を取り巻く躑躅の植え込みの上には、落ち葉が何枚か引っ掛かっていた。どことなく生彩を失った桜や欅の上で、雲間から覗く青空が一際眩しく目にしみた。

肇はゲートボールには欠かさず参加している。週三回の試合が待ち遠しいほどだ。

初めてゲートボールに行った時、肇は松野に教えられたようにボールを打ってみた。撞木杖のような形をしたスティックは軽く、ゴルフの芝目を読むのに慣れた彼には、球を地面に転がすのは簡単であった。それにボールは大きいし、ゲートはゴルフのホールよりも大きく距離も短い。肇はその場で容易くゲートにボールを入れた。

「うまい、うまい」

松野や他の参加者が一斉に褒めてくれた。

彼等はみな肇より齢が上らしい。中には九十を過ぎていると見える老婦人もいる。誰にでも如才ない肇は忽ち皆の人気者になった。殊に松野はゲートボールの後で肇を引き留めて四方山話をすることもある。

地面にテープを張って仕切りをしただけのコートは狭い上に、相手のボールをコートの外に出して邪魔するのも子供じみた遊びで、肇には決して面白いものとは思われなかったが、休む訳にはいかなかった。

ゲートボールが始まってしばらくすると、エミがサッちゃんをつれてやって来ることがあった。サッちゃんはブランコが目当てなのだろう、公園に来るとすぐブランコの所に走って行く。だがブランコが他の子で塞がっていると滑り台へ行く。そこも何人かの子供が占領していれば、ゲートボールのコートのそばの石段に腰を掛けて観戦してくれるのだ。サッちゃんの年齢ではまだ皆と仲間になって一緒に滑り台で遊べないのかもしれない。

サッちゃんは誰に教えてもらったのか、松野や肇がうまくボールをゲートに通すと手を叩いて応援してくれる。それに応えて振り向くと、両手を上げて嬉しそうに飛び上がって見せる様子がいかにも楽しげだ。夏祭りの日に抱いて手洗いに連れていってくれた肇に対して、子供心に親近感を持っているのだろう。横に坐っているエミも一緒になって微笑みながら観戦している。そのあでやかな面差しを見るためだけに面白くもないゲートボールをしている自分に、自嘲とも自虐ともつかぬわびしさを感じないわけにはいかなかったが、止める訳にもいかない。

その日もしばらく観戦していたサッちゃんはブランコが空いたらしくそちらへ行ってしまった。ゲートボールが終わるまではもう来ないだろう。張り合いの抜けた肇はただ漫然とボールを転がしていた。ほどなく試合も終わって皆は片付けを始めた。

「サッちゃんは活発で、可愛いですね」

テープを巻きながら肇は松野に声を掛けた。本心はエミのことを話したいのだが、それは口には出せない。

「ええ、元気で可愛い孫です」

楽しそうに答えた松野は、ちょっと息を整えるようにしてから、

「あの子はわたしとは血の繋がりはないんですよ」

「?」

思い掛けない言葉に肇は息を飲んだ。

「ずいぶん昔になりますが、最初の女房が交通事故に遭いましてね。横断歩道を渡っている時、横からすごいスピードで飛ばしてきたバイクにはねられたんです」

「それは、とんだご災難でしたね」

淡々とした口調で語る松野に、いつもはそつなく言い返す肇も事がことだけにすぐに言葉が続かない。

「脳挫傷で意識のないまま亡くなりました。あっけないものですなあ。二人の息子はまだ中学だし、世話する人があって今の女房と再婚しました。その連れ子が絵美なんですよ。ちょうど今のサッちゃんぐらいの年でしたね」

松野は当時を思い出すように目を細めた。

「明かるい子で、すぐわたしに懐いてくれました。新しい女房も二人の息子を分け隔てなく可愛がってくれて、まあ平穏無事な生活でした。息子達は結婚して別に所帯を持ち、絵美も嫁にいったんですが、サッちゃんが生まれて間もなく別れて帰ってきたんです。あれは出戻りなんですよ」

松野は言葉を切ってふふっと笑った。

（エミは独身だったのだ！）

心臓が締め付けられるような歓喜に、肇は思わず顔を背けてしまった。

「老夫婦だけの生活に、それはそれでまた賑やかになりましたし、この春過ぎに、女房が骨折しましてね」

「それはまた、ご災難で……」

口で言いながら肇はもう上の空であった。松野の女房が骨折しようと入院しようとそんなことには興味もない。

「門のところのたった二、三段の石段を転んで、大腿骨を折って針金を入れたんです。まだ外に出るのは危ないし、家事もままならず寝たり起きたりの生活ですから、絵美がいてくれるのは気強くて助かってます」

「そうだったんですか」

なにかもっと同情めいた受け答えをしなければと思うものの、心の舞い上がった肇にはいつもの世慣れた言葉が出てこない。もう松野の話などはどうでもよくなった。

決して飛び越えることの出来ない障碍だと諦めていたのに、そんなものは初めからなかったのだ。年齢の差はどうすることも出来ないが、独身のエミがその気になってくれれば、結婚は不可能なことではない。

松野から手術の話や、妻に入院されて初めて家事のこまごました苦労を知ったことなどを聞かされても、そんな言葉は横を素通りしていくだけで耳に入らない。だが肇はじっと我慢して、身を入れて聞いている風を装っていた。

「いやあ、とんだ打ち明け話をしてしまいました」

話をひと区切り終えると、松野は照れたように帽子を被り直した。

「邨岡さんを見てますと、どうも他人とは思えないんでしてね。邨岡さんを始めて見た時、弟が生き返ったのかと思いましたよ」

松野は目元をうるませて肇を見詰めた。

「もう二十年になりますが、邨岡さんに生き写しなんですよ。明かるく如才なくて、みんなから好かれた男でした。酒の飲み過ぎか、まだ若いのに肝硬変になりましてね。妻子に心を残して逝きました。残念でした。たった独りの弟だっただけに、今でもその面影が目の前にちらついてしまうんですな」

自分の思いに浸っているのか、松野はしんみりとした様子で話を続けた。

「弟が亡くなって半年後に、前の女房が亡くなったんです。一年に二つも葬式をして、その年はまったく験の悪い年でしたよ」

小さく溜息をついた松野は、ふと気が付いたように口調を改めた。

「これはとんだ愚痴を言ってしまいました。どうも齢をとると愚痴っぽくなっていけませんな。どうです、お暇なら遊びにいらっしゃいませんか。サッちゃんも絵美も喜びますよ」

目尻に皺を寄せながら、松野が肇の目の奥を覗いた。

「有難うございます。ご迷惑でなければ、喜んでお邪魔いたします」

肇は小躍りしたいのを抑えて慎ましく応えた。声が上ずっているのが分かったがどうすることも出来ない。面白くもないゲートボールを続けてきた苦労が、これでやっと報われる。それから先のことは自分の腕次第だ。松野との話をいい加減に切り上げて、肇は彼と別れた。

足が地に付いているのかどうかも分からないで家に帰ると、妹の俊子がベランダに腰掛けて待っていた。

「待たせたね」

慌てて顔を引き締めた肇は、急いで玄関の鍵を開けた。

「今来たところよ」

俊子は大儀そうにベランダから立ち上がった。ほつれた鬢の毛が風に揺れて妙に元気がない。

「いつものちらし寿司よ」

部屋に入った俊子は寿司の包を開けた。

「ありがとう。でもなんだか疲れてるみたいだよ。孫が生まれて忙しくなったのに、わざわざ僕の生存確認に来なくてもいいのに――」

さき程からの浮き立つ気持ちを隠し切れない肇は、つい冗談まじりの軽い口調になった。

「いいえ、たまにはお兄さんの顔も見なくちゃ。なにしてるか心配だもの」

俊子は茶をいれながら肇を軽く睨んだが、すぐ語調を改めて、

「ほんとに久し振りね。それはそうと、お祝いにもらったベビーベッドありがとう。とても重宝してるわ」

「役に立ってよかった。孫は少しは大きくなったかい？」

「ええ、生まれた時は標準よりちょっと小さかったけど、ぐんぐん大きくなってくの。嫁のおっぱいが足らないからミルクを飲ませるのはわたしの役目なのよ。夜だって泣いたら起きるのはわたしなの。もっとも嫁は自分が起きるからいいって言うんだけど、目を離したくないものね。だからわたしはベビーベッドの下で寝るのよ。元気な児で、わたしが笑うともう笑い返してくれる。まるで京人形みたいなきれいな女の子よ。見てると、胸がきゅんとなるわ」

俊子はとろけそうに顔を崩して笑った。

「子供を三人も生んで、他にもう孫もいるのに、今更胸がきゅんとくることもないだろうに」

肇は呆れて、俊子の締まりのなくなった顔を眺めた。

「それは男の人には分からないわ。自分が産んだ子供は、責任があるから世話するのが精一

杯で、とても楽しんでるゆとりなんかなかったし、娘の子は外孫だもの。内孫みたいに一日中そばにいるんじゃないし、なんと言っても外孫は外孫。遊びに来ても帰ればそれっきりだもの」

俊子は箸を置くと、椅子に坐り直した。

「孫に対しては責任がないだけ、可愛がるだけでいいのよ。手に負えなくなったら、あとは嫁に任せればいいんだから、気が楽よ」

「言うならば、おばあさんにとっては生きてる玩具というところか」

「そうかもしれない」

俊子はいつもの癖の、唇の片端を釣り上げてふふっと笑った。

(いいおばあさんになったものだ)

肇はしげしげと妹の顔を眺めた。

俊子と会うのは二ヶ月ぶりだろうか。少し見ない間に老けたものだ。この間までは娘と姉妹かと問違われるほど若作りをしてそれがよく似合っていたのに、今日の俊子にはそんな女の残りの色香は感じられない。どこがどう変わったとは言えないが、強いて言えば、以前ほどは身なりを構わなくなったせいかもしれない。今では、孫のこと以外にはなんの関心も持てなくなったのだろう。孫の中にどっぷりと浸かった、鈍重な老婆のたくましさしか感じられなくなった。そのささやかな生活だけで満ち足りているのが、女の幸せというものだろうか。そこにはもう肇の占める居場所はなくなったらしい。

(すっかり変わったものだ)

先程の弾んだ気持ちは、突然ぽっかりとあいた穴の中に吸い込まれて消えていった。

彼は言いようのない淋しさに、黙々と寿司の残りを掻き込んだ。

公園には人影は見えず、近所の家からもこそとの物音も聞こえない。家の中は食器の触れ合う音だけで、妙にひっそりとしてしまった。ひとしきり孫の話をした後はもう言うこともなくなったのか、そのけだるいような静けさに感染したのか、それとも肇がものを言わないからか、俊子は黙って箸を動かしている。肇は、部屋の中を満たしているわびしさに息苦しくなって、

「もしもだよ」

つい口を開いてしまった。

「もしも僕が結婚したら、どう思う?」

「えー」

俊子は箸を落として茫然と肇を見返した。

「そんなに目を丸くするなよ。もしもと言ったろうが」

俊子の思い掛けない強い反応に、肇は口を滑らせたのを後悔したが、こうなっては話を途中でやめることは出来ない。

「別に今、具体的にどうという話じゃないんだ。ただ結婚してもいいかなと思っただけさ」

「お兄さんが、今更、結婚とはねえ――」

俊子は言葉が続かないのか、落とした箸を取るのも忘れて肇を見守っていたが、

「好きな人が出来たのね。そりゃ結婚するのはお兄さんの勝手よ。でもその齢で結婚したのはいいけど、また今までみたいに、すぐ飽きて別れるなんてことにならないように頼みますよ。それにしても、独身主義者のお兄さんが結婚とはねえ……」

俊子は半信半疑の面もちで溜息をついた。

「そんな呆れた顔をするなよ」

肇は無愛想に言い返したが、もしもエミと結婚出来たら、生涯別れはしないだろうと思っていた。しかしそんなことまで今日の俊子には言いたくない。

「まあお兄さんの好きなようにしたらいいわ」

俊子は気乗りのしない語調で言いながら、無造作に箸を取り上げた。

「わたしも孫で忙しくなったし、そうそう今までみたいにお兄さんのとこへも来られないんだから、結婚してくれたら安心だわ」

もう普段の顔に戻ってこともなげに話を続けた。

「結婚式は、もう少し経ってからにしてくれないかしら。孫が歩けるようになれば、一緒に連れて行くわ。レースを付けたきれいな服を着せたら、あの子はきっとお人形さんそっくりになるわよ。結婚式のような華やかなところに連れていっても、みんなが可愛いって褒めてくれる。なにしろ自慢の孫ですものね。今から考えても楽しくなるわねえ」

俊子は次第に浮き浮きと調子に乗って、いま言ったばかりの孫の話をまた繰り返すのだった。

(もう孫のことしか頭になくなった)

彼は相槌を打つ気にもならず、不機嫌を隠して顔を背けていた。

これまではなにかとお喋りをして、肇が追い立てなければなかなか帰ろうとはしなかったのに、この日は寿司を食べ、ひとしきり孫のことを喋ると、もうあとは用がないとばかり俊子はさっさと帰って行った。

肇はいつものように彼女をバスの停留所まで送って行かなかった。

俊子が帰ると、家の中が急に気が抜けたようにがらんとして、空気までが冷え冷えとする。

俊子はすっかり変わった。身なりを構わなくなったせいだけではない。以前は肇のことは自分のことのように親身になってくれた。時には遠慮なく人の領域に踏み込んできて口争いをすることもあったが、二人の間は、まるで身体の一部を共有しているような緊密感があったものだ。だが今は、彼女はもう肇になんの関心も示さない。彼の占めていた場所は孫にとってかわられた。

いつまでも眩しいまでに若々しく自分に寄り添ってくれるものと思っていた俊子は、どこへ消えたのだろう。

（あんな世間並の女になってしまったのか）

突然偶像が落ちた衝撃はこんなものだろうか。

エミが独身だと聞かされて風船玉のように膨れて弾んでいた気持ちは、萎んでしまった。

肇は、憎しみと淋しさを嚙みしめながら目を閉じた。

その網膜の中に、自分の生活から去って行った人の面影が浮かぶ。

篠崎はあれから電話も掛けてこない。会うことはなくても、月に二、三度は電話をしてくれたものだ。肇の方も電話を掛ける気にもならない。篠崎との間に生じた亀裂は生涯埋められることはないだろう。妻の晶子も謎を残して逝った。そして今度は妹までが去って行った。

去って行く人には、相手に見せた自分の後ろ姿は見えないものだ。だがその後ろ姿を見せ

つけられた人間のわびしさは、取り残された人にしか分からない。心の奥底にまで染みわたっていく虚しさの中で、

(自分には、まだエミがいる)

肇は幾度となく自分に言い聞かせた。

エピローグ

松野の家に行くと約束した日、肇は前日に買っておいたサッちゃんへの土産のクッキーを持って家を出た。

昨日はよく晴れていたのに、今日は雲が多い。風も少し冷たい。わずかに雲間から覗く青空もどことなく生気を失っている。しかし肇の気分は晴れやかであった。これで夢に向けて大きく第一歩を踏み出せるのだ。人の思惑など構うものか。

(エミに会える——)

そう考えるだけで、あたりはバラ色に輝き、鼓動は燃えたつばかりに大きく弾む。顔までが自然にゆるんでくるのを抑えようもなかった。

（今更、うぶな少年じゃあるまいし――）

以前なら苦笑するところだが、この日はそれどころではない。逸る気持ちについていけない足が、舗道の小さなくぼみにとられてよろめきそうになる。もう俊子のことなどは跡形もなく消えていた。

町内会に入った時にもらったこの地域の世帯地図で、松野の家は知っている。エミがどんな家に住んでいるのか以前から見てみたいと思ってはいたが、今までその近くにさえ足を向けたことはない。松野の家はこの住宅街の外れの中学校のそばで、肇が買い物に行くにもバスに乗るにも反対の方角にある。散歩ならばどこを歩こうと怪しまれることはないが、気持ちに拘りがあるだけに、もしも松野の家の前で彼やエミに出くわしたら、自分の気持ちを見透かされそうな気がする。それは彼なりの自尊心が許さない。

だが今日は大手を振って歩いていける。

松野の家は下に自然石をあしらった白壁の塀の上に、見越しの松が枝を伸ばしている古風な住まいだ。黒御影石に彫った表札もよく似合う。

ブザーを鳴らして案内を乞うと、パタパタと可愛い足音がしてサッちゃんが玄関を開けてくれた。その後ろから足を引き摺りながら出てきた夫人を一目見るなり、肇の全身の血が凝固した。

（悠子！）

それは、子供が出来たまま捨てた、デパートのネクタイ売り場の女であった。

あとがき

八十六歳にもなりながらまだ小説を書こうなどとは、我ながら業が深いと思わないではありませんが、老人だから書けるものがあるのではないだろうか、老人だからこそ、残された時間を自分なりに精一杯生きなければならないのではないだろうかと思い直しまして、書き続けております。今回、一人でも共感して下さる方があれば幸せだと、敢えて出版に踏み切りました。

出版に際しまして、鳥影社の皆様方には一方ならぬお世話になりました。心より厚く御礼申し上げます。

鈴木　今日子